LA PROPHÉTIE

Hope – Tome 2

SYLVIE GINESTET

The Poetic Shivers Editions

DÉJÀ PARUS

VERSION ANGLAISE

The Imhumvamps:

The Quest   February 2014

The Recouvrance   February 2016

Novels:

Shadow Play   September 2015

© Conception graphique de la couverture : Sylvie Ginestet

Copyright photo : Augustino – www.shutterstock.be

Correction du manuscrit : Petite Plume

Dépôt légal : D/2018/Ginestet Sylvie, Éditeur

ISBN : 978-2-930895-14-7

LES MOTS

« *Elle est là, différente et forte. Il faut continuer à l'aider à se connaître elle-même. La puissance de ses capacités pourrait amener le chaos sur Terre. Elle va engendrer la jalousie et la convoitise, tant chez les humains que chez les autres espèces. Plus que jamais, elle se doit d'être protégée comme la nouveau-née qu'elle est encore. Utilisée à mauvais escient, elle ne sera que sang et mort. Captée et domptée, elle sera bien plus puissante dans la lumière et la positivité. Ne pas succomber à la facilité, aidez-la pour qu'il en soit ainsi. Que mon long chemin n'ait pas été parcouru en vain.* »

— Tu es la passerelle entre nos deux races, le lien de l'unification dans un seul corps.

Je me réveillai en sursauts et en sueur. Une fois de plus, ma nuit avait été parsemée des mots du messager. Le rêve, si cela en était un, avait mis en scène Artur, mon oncle. Celui dont jamais je ne me séparerai.

Je faisais ces songes étranges, presque chaque nuit, depuis la venue de cet homme singulier et sans âge. Ces visions nocturnes m'apportaient un grand questionnement sans aucune réponse. J'en ai parlé à mon oncle qui m'a simplement affirmé qu'ils n'étaient que des images de mon passé et non de mon futur.

Je le crois… à moitié.

Sa voix résonnait encore dans ma tête comme s'il avait été près de moi, mais j'étais seule dans ma chambre du 22, rue de l'Enclume.

Alors, comme chaque matin, je me levai, essayant de chasser les images de la nuit. Après un passage sous la douche, je rejoignais la cuisine. L'eau n'était pas suffisante pour me réveiller complètement. La touche finale se devait d'être « caféinée ».

Je descendais tranquillement l'escalier et vis Artur et Adam en train de discuter. Lorsqu'ils m'aperçurent, mon frère se leva et prépara l'unique chose qui importait pour moi à l'instant présent.

Commençait alors notre rituel matinal.

— Bonjour, dis-je doucement en posant un baiser sur la tête d'Artur.

Je m'asseyais ensuite paisiblement attendant que mon frère vienne à moi. Chaque matin avait la même consonance. Après avoir pris place, je patientais le temps que le café passe, et ensuite Adam me l'apportait. Seulement à partir de ce moment-là, nous nous parlions. Aujourd'hui ne dérogeait pas à la règle.

— Bonjour, lui dis-je en l'embrassant tendrement sur la joue alors que l'odeur du café arrivée sous mes narines.

Puis, il s'asseyait toujours face à moi et me souriait.

— Encore un autre rêve ? demanda Artur.

— Hélas, oui. Si, au moins, ils me donnaient des indications.

Artur soupira. Il supportait très mal que je vive cela et qu'il ne puisse m'aider plus, ou même me réconforter avec des réponses qu'il ne possédait pas.

— Aucune nuit n'a été épargnée. Je vais vivre avec cela, je suis habituée à bien pire.

— Est-ce une raison ?

— Non, plutôt… une nécessité.

— Que veux-tu dire ? insista mon oncle.

Je le fixai de mon regard blanc. En retour, il me sourit gentiment. Rien dans son comportement n'était déplacé, même si parfois pour moi, sa persévérance presque constante était pénible. Je savais que c'était pour mon bien, mais avant tout pour m'aider dans la démarche que j'avais entamée, bien malgré moi, quelques mois plus tôt.

— Rien ne se passe par hasard. Ces rêves vont finir par me faire découvrir des détails essentiels dont j'ai besoin pour comprendre ce qui m'arrive. Un messager qui vient et disparaît, mais reste présent dans mes rêves, ne peut pas être une coïncidence.

— Tu n'as pas tort.

— Tu vois, je commence à penser comme toi. Tu n'es pas mon oncle pour rien !

De ma vision élargie, je distinguai Adam préparer mon second expresso. Il prenait rarement part à nos conversations, lorsqu'Artur et moi parlions de mes évolutions.

Mon oncle vivait avec nous. Ce n'était pas son choix, mais une requête venant de moi. J'avais besoin de le sentir proche. Il était celui qui me comprenait le mieux. Il avait rapidement accepté sans que je n'aie à insister de trop. Peut-être que finalement, il était heureux d'être revenu en Europe. Cela dit, être loin de cette maison et de ses souvenirs passés avec Laure ne pouvait qu'être bénéfique pour lui.

Je m'en voulais toujours de lui avoir transmis ce don « passion ». Il tuait l'amour et mon oncle avait démontré que cela touchait aussi les autres créatures, pas uniquement les humains. Cela remettait en question tout l'amour que je pourrai donner à un être, quelle que soit sa race. Ce détail, je le gardais bien évidemment pour moi. Avait-il seulement réagi à celui-ci comme moi je l'avais fait ? Probablement que oui, mais il s'était abstenu de m'en parler clairement, ne voulant pas ruiner mes espoirs qu'un jour je puisse trouver celui qui serait mon autre, comme Laure l'avait été pour lui.

Comme chaque matin, mon oncle finit par se lever et quitter la table. Il travaillait sans relâche avec Lilly, ma mère et sa sœur, au siège d'*Immortalis Sangus*.

Je me retrouvai seule avec Adam, instant privilégié avant nos journées respectives, séparées de travail.

— Tu devrais plutôt rêver de moi, petite sœur, lança-t-il.

— J'aurai préféré, crois-moi.

Adam, lorsqu'il voulait me passer un message un peu particulier suite à sa déclaration d'amour, le faisait toujours en finissant ses phrases par « petite sœur », chose qui m'agaçait au plus haut point, car devenu inapproprié. Et de temps en temps, c'était avec une touche d'humour. Ses sentiments pour moi, dévoilés, n'empiétaient pas sur notre relation.

Nous savions, nous étions les seuls. C'était notre secret, mais parfois, il devait agir comme si de rien n'était. L'ouïe très développée de mon oncle nous obligeait aussi, pour maintenir notre cachoterie, à fonctionner ainsi.

— Pars-tu avec Artur ? lui demandai-je.

— Pas ce matin. Je dois déposer la voiture au garage.

— Elle a un problème ?

— Non, juste pour la révision. Je les rejoindrai ensuite à Vincennes.

— Vas-tu prendre les transports en commun ? questionnai-je, amusée.

— Bien sûr que non ! Ils vont me prêter un véhicule de courtoisie pour la journée.

Il avait horreur de se mêler à la foule. Finalement, les Imhumvamps aimaient vivre en solitaire ou parmi les leurs.

— Nerfel ? questionna-t-il en connaissant la réponse et en se levant.

— Comme chaque jour, oui.

Il fit le tour de l'îlot et vint mettre les mains sur mes épaules. J'appuyai ma tête contre ses doigts et fermai les yeux. Il posa un baiser dans mes cheveux et me chuchota :

— Sois prudente, s'il te plaît.

Je ne répliquai pas. Que pouvait-il m'arriver ? C'était plutôt les gens autour de moi qui étaient en danger.

Il quitta la pièce. Je le regardai monter les marches, la tête remplie d'autres questions, un peu différentes cette fois.

Je me levai à mon tour et débarrassai la table.

LE CHÂTEAU DE NERFEL

Tous les événements passés m'ont amené à prendre des décisions. L'une d'entre elles est que désormais, je travaille au château de Nerfel, chez ma mère. Je m'occupe de la bibliothèque ainsi que des divers comptes liés aux Imhumvamps et au *Blood Jazz Club*. J'ai récupéré la tâche que faisait jadis Darren, sauf que moi je ne me produis pas une fois par semaine pour jouer du saxophone en plein milieu de Paris.

Cet emploi me donne beaucoup d'opportunités, mais surtout celle de côtoyer le moins d'humains possible. Ce recul sur moi-même, je l'ai mûrement réfléchi. Car finalement, je ne sais toujours pas vraiment ce que je suis.

Ce château est important pour moi. J'y ai grandi, puis Camille et mon père Nylan y sont enterrés. Cette proximité me permet d'aller me recueillir et de leur parler comme je le faisais de leur vivant.

Puis, lorsque ma tâche quotidienne s'achève, j'en profite pour explorer cette bibliothèque certes plus petite que celle où je travaillais avant, mais remplie d'informations capitales sur ceux qui m'entourent : les vampires.

J'espère aussi y trouver des réponses sur moi, même si je ne suis pas suceur de sang. J'ai découvert par exemple, un dossier coincé entre deux livres, contenant les actes de naissance de toutes les personnes gravitant autour des Imhumvamps. Cependant, celui de ma mère biologique ou le mien n'y sont pas. Une question de plus se rajoute dans la liste déjà longue de mes interrogations.

Je ne sais pas vraiment ce qui me guide dans cette nouvelle existence. Peut-être le besoin d'en savoir plus sur mes origines. Je ne crois pas au hasard. Ce messager qu'Artur a rencontré bien longtemps avant ma naissance. Lilly arrivant dans cette clinique. Mon adoption ou le décès de ma mère biologique. Je dois y donner un sens. Car il y en a un, j'en reste persuadée. Sans parler, bien entendu de mon corps et de toutes les possibilités qu'il m'offre ou m'impose.

Dois-je prendre ma destinée comme un cadeau ?

Je regardais par la fenêtre pour échapper à mes pensées. Hector était dans le jardin, accompagnée d'Amélie, son épouse. Ils étaient identiques à la première fois où je les vis. Enfin, celle dont je me souviens. Ils ont tout le temps été là.

Et moi, ai-je également toujours été là d'une manière ou d'une autre ? Le surnaturel ne m'a jamais effrayée, je baigne dedans depuis ma naissance, mais à quel point ?

Camille est la seule personne à avoir connu ma vraie mère. Je réfléchissais à ce fait et pris une décision. Je devais en savoir plus sur elle. Cela allait être difficile de dénicher des informations ici. Alors, tout naturellement, je choisis de me rendre là où tout a commencé pour moi et fini pour elle : la clinique. À la mort de Nylan, j'ai hérité de sa maison en bord de mer. Je n'y suis jamais allée, l'occasion me semble parfaite.

Je me mis à fouiller le bureau en quête des clefs et de l'adresse. J'étais persuadée de les avoir vues, ici quelque part.

Au bout de dix minutes, je me rendais à l'évidence que ce n'était pas dans cette pièce qu'elles se trouvaient. Alors, finalement, je descendis rejoindre Hector dans le jardin. Lui, il devait savoir.

Il releva la tête en me sentant arriver.

— Que puis-je pour vous, mademoiselle ?

Malgré les années, et mes réticences, il me vouvoyait tout le temps, mais je crois qu'il en fait encore de même avec Lilly.

— Où sont les clefs de la maison de mon père ?

Il me regarda, surpris.

— Accrochées au panneau dans la cuisine, avec l'adresse, comme d'habitude.

— Merci, Hector.

Alors que je m'éloignai, il intervint dans ma tête.

— *Vous savez que je dois en informer Lilly.*

— *Oui.*

J'étais libre sans l'être. Pour mon bien, disaient-ils tous.

Je m'emparai des clefs et rejoignis ma voiture. J'entrai l'adresse dans le GPS et pris la route en direction de la Normandie.

— *Kilien ?*

J'attendais quelques instants qu'il ouvre son esprit au mien. Mon autre frère, sorcier, mais doté aussi de dons grâce au sang de Lilly, ne mit pas longtemps à me répondre.

— *Que se passe-t-il ?*

— *Rien, je t'avise simplement que je pars chez Nylan.*

— *Que cherches-tu ?* me demanda-t-il.

— *Des traces de ma mère biologique.*

— *As-tu besoin de mon aide ?*

— *Pas pour le moment, non. Je tenais juste à te le dire.*

— *Sois prudente !*

— *Et toi, garde un œil sur Adam.*

— *Tu es consciente qu'il est beaucoup plus fort que moi ?*

— *Oui, bien sûr, mais plus impulsif aussi.*

— *Ce n'est pas faux. Combien de temps comptes-tu rester là-bas ?*

— *Je ne sais pas. Tout va dépendre de ce que je vais y découvrir.*

Puis, je coupai la communication.

Kilien vivait à Paris.

Il n'avait pas voulu séjourner dans notre maison malgré notre insistance, alors il avait loué un modeste appartement à Montmartre. Son âme d'artiste lui permettait de se confondre dans la foule de ce quartier. Il était un talentueux peintre. Je ne sais pas d'où lui venait son inspiration, mais il était capable de dessiner et de peindre avec tous types de peintures et sur tous supports. Il avait déjà exposé non loin de chez lui dans une petite galerie. Il avait rencontré un réel succès, bien plus que mérité.

À côté de cela, il travaillait avec Martin, enfin, il lui servait de cobaye. C'était plus juste à dire ainsi. Il partageait son temps entre la France et l'Écosse. Son pays de naissance, là où vit toujours sa mère : Seona et ma sœur de sang, Lou-Brian.

LA NORMANDIE

Après deux heures de route au départ du château, j'arrivais en bord de mer. Je me garai dans un petit chemin qui correspondait à l'adresse notée sur le GPS. Un peu plus loin, je distinguai une maison construite en bois blanc, un peu défraîchie, mais pleine de charme.

Je sortis de la voiture et l'air iodé me frappa de plein fouet. Je souris de surprise et de bonheur de ce sentiment très humain qui m'envahissait. Je poussai le portail et longeai la maison jusqu'à la porte d'entrée.

Au loin, les vagues mourraient sur le sable. Cet endroit était enchanteur.

Je pénétrai directement dans une pièce unique. Sur la droite se tenait une cuisine américaine laquée rouge, ouverte sur le salon. Face à celle-ci, une grande baie vitrée et, sur la gauche, une cheminée. C'était simple et fonctionnel. Je reconnaissais bien là, Nylan.

À l'évidence, personne n'était venu ici depuis bien longtemps. Des draps recouvraient la plupart des meubles. Après tout, c'était normal. Depuis qu'il avait rencontré Lilly et ensuite Camille, la vie de mon père s'était déroulée à Nerfel. Maintenant que cette maison m'appartenait, j'avais le devoir de la faire vivre en sa mémoire, mais aussi parce que sans elle, moi, je ne serai pas là.

Je me dirigeai vers la baie vitrée et l'ouvris en grand pour faire rentrer cet air vivifiant qui devait remplacer celui du renfermé. La mer était belle. Je me retournai et, d'un geste de la main que je voulus gracieux, j'ôtai les draps par la simple volonté de mon esprit. Ensuite, je fermai les yeux, et fis faire des tourbillons à l'air. Je les déployais, à grande vitesse, telle une tornade sur chaque objet, meuble et la cheminée. La poussière virevolta et s'échappa par le trou béant de la baie vitrée comme attirée par la mer.

Je regardai le résultat, et l'endroit se révéla tel qu'il devait être. Je montais ensuite à l'étage et découvrit la salle de bains et les chambres. Je choisis celle du fond qui me paraissait être la plus grande. Mon joli remue-ménage fit de nouveau son effet et, en quelques secondes, la maison entière sentait bon l'air marin et pur, et était dépourvue d'un seul grain de poussière.

Je n'y avais pas pensé avant, mais cette maison recelait peut-être de quelques trésors.

J'avais toujours le sentiment de ne pas devoir perdre de temps. Mais qu'était-il face à mon immortalité ? Alors je m'octroyai un petit moment de répit et m'installai sur un transat de la terrasse, face à la mer. Le vent chatouillait mes cheveux et le sommeil vint.

Je me réveillais tandis que la nuit était tombée. Je n'avais pas rêvé du messager, uniquement de la mer et des mouettes.

Je n'aurais plus cru être capable de dormir ainsi : des heures et en toute sérénité. J'avais bien fait de venir. Cependant, je n'avais pas prévu de quoi manger. Je regardai ma montre : vingt et une heures passées. Où allais-je trouver de quoi me nourrir dans ce petit coin loin de tout ?

Je pris ma voiture et tombai sur une station-service qui, par chance, vendait quelques produits locaux. Une heure plus tard, je rentrai et m'installai devant la cheminée. J'y avais jeté quelques

buches afin de déguster mon casse-croute de fortune et ma bou-
teille de cidre. Pendant que je regardai les flammes danser face à
moi, j'entendis un grincement provenant d'un secrétaire situé
dans mon dos, contre le mur. Je me retournai, un tiroir s'était
ouvert ! Je fronçai les sourcils d'étonnement. Plus grand-chose ne
me surprenait, mais je n'étais pas habituée à ce genre de manifes-
tation. J'étais seule dans la maison, de cela, j'étais certaine.

Je me levai et me dirigeai vers le meuble.

Dans le compartiment entrebâillé, il y avait une liasse de papier entourée d'un ruban rouge. Je la pris et retournai m'asseoir
près du feu.

Alors que je sirotais un peu de cidre, mes yeux défirent le
nœud rouge. La télékinésie était le don que je préférai. Il m'était
utile à tout moment et pour tant de choses. Que cela soit pour
faire le ménage ou pour des mouvements plus subtils comme celui
que je venais de faire.

Je restai toujours étonnée de cette capacité. Car ceci était
pour moi tout bonnement de la magie.

Par le même principe, j'étalais tous les imprimés autour de
moi. Il y avait des lettres, des documents officiels et des photos.
De mes doigts, cette fois, je les pris.

Plusieurs photographies représentaient mon père et une
femme que je ne connaissais pas. Je retournai le papier glacé et
compris au travers des mots inscrits par Nylan que c'était son
épouse. Celle qui était morte avant qu'il ne rencontre Lilly. Elle
avait été une très belle femme et ils avaient l'air si heureux. Je regardais chaque cliché avec attention, au cas où il aurait dissimulé
parmi elles, une de ma mère. Je n'y croyais pas trop, car je possédai
l'unique image d'elle, mais comme après sa femme, vint Camille
qui elle l'avait connue, je gardai un petit espoir quand même.

En vain...

Je fis un petit amas des photos que je posai sur le côté et
m'attaquai aux lettres. Il y avait beaucoup de vieilles

correspondances entre lui et son ex-femme. Je ne m'éternisais pas sur ces dernières, je trouvai tellement incorrect de rentrer ainsi dans leur vie passée et privée, même après autant de temps.

Je relevai les yeux vers le feu, me demandant pourquoi ce tiroir s'était ouvert seul, si à l'intérieur il n'y avait rien qui puisse m'intéresser. J'avais peut-être imaginé le bruit, probablement avait-il toujours été ainsi.

Puis…

La pluie commença à tomber, les gouttes sur mon visage me réveillèrent. Je regardai autour de moi ne comprenant pas ce qu'il se passait. Je me sentais déboussolée. Je quittai d'un coup le transat. Il faisait encore jour, la cheminée n'était pas allumée.

Aucun papier, aucune photo ne recouvrait le sol.

Rien de ce que je venais de vivre n'était réel. J'étais simplement en train de rêver !

Mécaniquement, mes yeux se tournèrent vers le secrétaire. Le tiroir était fermé. Quel genre de songe était celui-ci ? Je m'approchai du meuble et tirai ce qui aurait pu être ouvert. Sans aucune surprise, à l'intérieur se trouvait le même petit fagot encerclé d'un ruban rouge.

Je pris place dans le canapé face à la cheminée. Dans mon rêve, il n'était pas là. Cela aurait dû me donner un indice, si j'avais pu le ressentir. Je défis cette fois le cordon avec les doigts : des photos, des lettres et des papiers officiels. Je ne m'attardais pas sur les deux premiers. Je connaissais parfaitement ce que j'allai y voir. Je pris les documents et les examinai. Rien de bien intéressant, je les posais au fur et à mesure près de moi, curieuse du suivant. J'avais un peu peur de ce que j'allai dévoiler. Ma respiration était rapide sans que je sache réellement pourquoi. Inconsciemment, peut-être que je m'attendais à trouver ce que j'étais venue chercher ou alors avais-je juste peur de ne pas le découvrir.

Cependant, ma récompense arriva, claire, nette et incroyablement douloureuse ; les actes de naissances et de décès. Je touchai celui de ma mère. Des larmes tombèrent sur le papier jauni. Elle n'avait que dix-sept ans, même si je le savais, ça faisait mal de le lire. Mourir en donnant la vie, ne jamais connaître ou toucher son enfant. Quel que soit l'endroit où elle était depuis vingt-cinq ans, j'espérais qu'elle me voyait.

Je relevai les yeux vers le ciel.

Il n'y avait rien de plus à espérer de ce papier. Je le posai délicatement sur le sol près de moi, puis m'emparai du suivant avec la même tendresse. Je commençai à lire mes propres informations. J'étais née le 20 décembre 1991 à 1 h 53. Je comparai immédiatement ce détail avec l'acte de décès de ma mère. Son cœur avait cessé de battre ce même jour à 1 h 56. Cela brisa le mien et je ne pus retenir, une fois de plus, mes larmes. C'était tellement triste comme situation. J'étais en train de faire le deuil de quelqu'un dont je ne savais rien, hormis les dates ayant fait sa vie.

Je repris mes esprits et au travers des larmes toujours présentes dans mes yeux, je vis une autre information encore plus terrible cette fois. Sur mon acte de naissance était noté à la main : heure du décès, 1 h 54, réanimée à 1 h 56.

Lui avais-je volé son souffle ?

Je n'arrivais plus à respirer. Je me sentais oppressée. Je me levai rapidement et allai jusqu'à la terrasse, j'avais désespérément besoin d'air. Je me retenais au chambranle de la porte tenant toujours en main mon acte de vie. Je ne pouvais que l'appeler ainsi.

Mes yeux perdus dans l'horizon azuré du paysage, je pensai à ce détail mortel et pris conscience que finalement en vingt-six années, j'étais déjà décédée et ressuscitée deux fois !

Cela conforta une idée déjà présente dans mon esprit : le sang de Lilly m'apportait un plus à ce que je possédai à ma naissance. Je reportai mon attention sur le papier et remarquai seulement, à ce moment-là, une agrafe dans le coin gauche. Une feuille très fine et manuscrite était accrochée au document officiel, que je soulevai.

Une lettre m'était adressée. Je la retournai, la signature de Camille attira mon attention.

20 décembre 2007
Chère Hope,

Si tu lis ce message, c'est que nous ne sommes plus. Nylan et moi avons gardé des informations concernant ta maman. Nous ne voulions pas les divulguer, car elles t'appartiennent. C'est ton héritage, bien maigre, mais au moins tu sauras.

Tu as en mains des documents qui ont dû te faire pleurer, mais je sais que tu es forte, bien plus qu'il n'y paraît.

Je t'ai mise au monde et j'ai vu la vie quitter vos corps. Une puissance t'a fait revenir. J'ai compris à ce moment-là que nos existences étaient liées. Même si, en ce jour d'hiver, Lilly ne t'avait pas entendu, je t'aurai gardé auprès de moi.

J'en ai fait la promesse à ta mère. Elle avait un pressentiment ce jour-là et nous avons beaucoup discuté. Elle a essayé de me persuader que c'était son destin. Je ne l'ai pas cru avant que cela n'arrive. Elle connaissait à la minute près ce qu'il allait se passer dans la salle 4 de la clinique. Je vais t'avouer que sur le moment, je l'ai prise pour une illuminée, mais la suite lui a donné raison.

C'était quelqu'un de bien. Très jeune et surtout dépassée par les événements qu'elle vivait depuis quelques années. Si elle a plongé la tête la première dans les drogues, c'était pour ne plus penser aux capacités qu'on lui avait léguées. Elle refusait ces dons de la vie, qu'elle prenait pour une malédiction.

*Je ne sais pas si tu as hérité de cela, mais de ce qu'elle m'a raconté, tu dois être courageuse pour affronter ces **choses**.*

Rien ne me dit, si tu es comme elle. Aujourd'hui, tu es toujours une enfant tout à fait normale. Sauf que tu vis avec des vampires.

Mais tu es humaine ! Ne l'oublie jamais.

Je t'embrasse ma petite Hope.

Tu resteras à jamais dans mes pensées et mon cœur.

Camille

Les papiers glissèrent de mes mains et tombèrent sur le sol lentement. Camille était au courant depuis le début, alors pourquoi garder tout cela pour elle ? Si elle ou Nylan en avaient parlé à Martin, nous aurions pu faire attention aux signes et appréhender mes évolutions différemment. Pourquoi un tel secret ?

Je ne leur en voulais pas. Lilly allait-elle leur pardonner ? Je ne savais pas quoi penser, quoi faire. Une chose était certaine, je ne pouvais pas taire des informations si importantes.

Je me sentais dévastée.

Je ramassai les documents, témoin en quelque sorte de ce que j'étais. Puis, je retournai dans le salon encore sous le choc. Je m'emparai de tout, les photos, les lettres, etc., et les mis dans mon sac. Personne ne devait tomber sur ça ! Personne d'étranger à la famille.

Je décidai de repartir en faisant une halte là où j'étais née et morte pendant deux minutes. Je refermai la maison sans recouvrir les meubles de leur drap. Je comptai bien y revenir et pris la route.

Je m'engageai sur la nationale que mon autre mère, Lilly, avait dû emprunter le jour de ma découverte. Une ambulance me dépassa à vive allure. Je la suivis et arrivai sur le parking de la clinique.

J'essayai de me mettre dans la peau de Lilly. Elle avait recherché du sang et était tombée sur moi. Pourquoi m'avait-elle laissée en vie ? Un lot d'innombrables questions submergeait mon esprit. Était-ce le bon endroit et la bonne heure pour cela ?

J'avais cru que c'était fini. J'avais pensé à tort qu'à partir de maintenant, j'aurais juste eu à m'habituer à vivre avec mes dons. Rien de nouveau ne s'était déclenché en moi, excepté les rêves. Mes trouvailles remettaient tout en cause.

Je n'étais venue ici que pour en apprendre davantage sur ma mère, pas pour rajouter des éléments à ma vie qui finalement m'était inconnue.

J'étais seule en proie à une terrifiante impression.

Adam me manquait.

Je m'appuyai contre la voiture et alluma une cigarette.

— *Adam, tu es là ?*

— *Où veux-tu que je sois ?* répondit-il du tac au tac.

— *Occupé, peut-être.*

— *Cela ne m'empêcherait pas d'être présent pour toi... tu le sais parfaitement.*

— *Oui.*

— *Ça va ?*

— *Non...*

— *Raconte-moi.*

Sans omettre le moindre détail, je lui expliquais ce que j'avais découvert et, où je me trouvais. Je terminais avec l'épisode du rêve. Il m'avait donné des indices qui finalement m'avaient amené à cette clinique, où j'étais née. Alors que je finissais de le mettre au courant, j'allumais une autre cigarette.

— *Veux-tu que je te rejoigne ?*

— *Est-ce utile ?*

— *Je le pense, oui.*

Avait-il peur ?

— *Je ne sais pas, Adam.*

— *As-tu envie d'être seule ?*

— *Non, sinon cette discussion n'aurait pas lieu.*

Je le sentis sourire.

— *Laisse-moi le temps d'arriver, d'accord ?*

— *Je fais quoi durant cet intervalle ?*

— *Tu termines ton paquet de cigarettes…*

— *C'est malin !*

— *Je pars.*

— *D'accord… Merci, Adam.*

— *Tais-toi, je roule.*

Je le soupçonnai d'avoir pris la route bien avant mon acceptation. Je rentrai dans la clinique et allai l'attendre à la cafétéria. Je commandai un cappuccino au comptoir et choisis une table près de la fenêtre.

Quinze minutes plus tard, il apparut devant moi.

— Comment ?

— Tu le sais, non ? répondit mon frère en s'asseyant.

— Étais-tu en train de me suivre ?

— Non, je suis partie lorsque Lilly a été informée par Hector de ta destination. Tu ne dois pas m'en vouloir, finit-il en posant la main sur la mienne.

— Je ne le fais pas. J'ai pourtant regardé souvent dans mon rétroviseur.

— Je crois qu'Hector t'a laissé une petite avance avant d'appeler.

— D'accord… dis-je en portant la tasse à ma bouche.

Ensuite, je sortais les documents de mon sac et les glissai en sa direction. Je l'observai les examiner avec attention. Il releva les yeux vers moi lorsqu'il lut l'annotation sur mon acte de naissance.

À cet instant, la serveuse vint à notre table.

— Bonjour, que puis-je vous servir ? demanda-t-elle.

Adam tourna la tête vers elle et la fixa. Mon frère était un séducteur né. Il laissait toujours un peu de temps avant de répondre. La fille lui sourit sans réitérer sa question.

— La même chose que ma sœur, dit-il enfin.

— Très bien, et vous, mademoiselle, un autre ? s'enquit-elle en prenant la tasse vide face à moi.

— S'il vous plaît, oui.

Elle s'éloigna en tortillant des fesses, le charme d'Adam avait fait son effet.

— Tu ne peux pas t'en empêcher !

— Elle est jolie !

— Évite de draguer en ma présence, Adam.

Cette fois, c'est moi qu'il fixa.

— S'il te plaît… insistai-je.

— Serais-tu jalouse ?

— Non, mais cela me met mal à l'aise.

— Menteuse…

— Ça suffit !

La jeune serveuse revint et posa nos tasses sans me jeter le moindre coup d'œil. Cette fois, Adam resta distant avec elle. Un simple merci sortit de sa bouche. Elle repartit en grommelant.

— Je ne pense pas que tu vas trouver plus d'éléments ici, que ce que tu ne possèdes déjà. J'imagine que Camille a effacé toutes traces de ton passage dans cet établissement. Ceci — dit-il en levant l'acte — est un original.

— Oui, je l'avais aussi remarqué.

— Alors, pourquoi être venue ?

— Je ne sais pas. Ma curiosité ?

— Tss-tss… Je ne te crois pas. Décris-moi ton ressenti, ajouta-t-il.

— Je ne peux pas, c'est juste une impression. Il y a quelque chose ici que je dois connaître.

— Quoi ?

— Sincèrement, je ne pourrai te répondre que lorsque j'aurai trouvé.

— Comment veux-tu t'y prendre ?

— Aller dans ma chambre.

— Si elle existe toujours…

— La pièce, certainement oui. Ma couveuse, bien sûr que non. Enfin, j'espère !

— D'accord, conclut-il en se levant.

Je posai un billet de dix euros sur la table et le suivis. Quelques instants plus tard, nous nous retrouvâmes face à l'ascenseur, à attendre. Il me prit gentiment la main et se tourna vers moi. Il souleva mes lunettes, je stoppai immédiatement son geste.

— Que fais-tu ?

— J'aime voir tes yeux.

— T'es dingue, Adam !

— Je sais…

Nous entrâmes dans la cabine. Nous y étions seuls. J'appuyai sur le bouton 3. Était-ce encore l'étage des prématurés ? Ce détail, je ne savais même pas comment j'en avais eu connaissance. Probablement que Camille et Lilly en avaient parlé un jour devant moi, et que ce souvenir refaisait surface maintenant.

Nous arrivâmes dans un endroit incroyablement calme. Les murs étaient peints en bleu ciel avec de jolis papillons qui semblaient vouloir s'échapper du mur. Sur la gauche, un couloir parsemé de chambres closes. Je m'y engageai, Adam derrière moi. Nous suivions mon intuition. Au milieu du corridor, je m'arrêtai et me tournai vers une entrée à ma droite.

— Ici ? demanda Adam.

— Peut-être…

Il actionna la poignée et la porte s'ouvrit sans peine. Nous pénétrâmes dans une chambre vide. Visiblement non occupée depuis un certain temps même. Les stores étaient tirés, aucune lumière ne transperçait. Je me dirigeai vers la fenêtre et les remontai.

La seconde d'après, le soleil illuminait chaque recoin et le messager apparut.

Il avait la même apparence de vieillard que la fois où il vint chez nous, dire à Artur et moi, de sa voix mécanique, les mots de la prophétie.

Je restai figée. Il ne nous distinguait pas. Il était là, immobile, face à quelque chose que je ne discernai pas encore.

— *Vois-tu ce que je vois, Adam ?*

— *Oui. Qui est-ce ?*

— *Le messager… Ne bouge pas !*

Alors qu'il nous faisait toujours dos, je me décalai sur le côté pour essayer d'apercevoir ce qu'il faisait.

Il était au-dessus d'un berceau, la main posée sur le torse d'un enfant. Il avait les yeux fermés et semblait dire des mots. Priait-il ? J'étais persuadée que ce n'était pas moi. Je m'approchai pour comprendre pourquoi, nous vivions ceci, ici et en ce jour.

Il ne ressentait pas notre présence. Nous étions dans le passé. Comment pouvions-nous être témoins de cela ?

— *La vision rétrograde… Lorsque tu as touché le store,* me dit Adam qui écoutait mes pensées.

— *Mais, toi ?*

— *Aucune idée, parce que je suis avec toi, peut-être. Enlève tes lunettes.*

— *Ce n'est pas le moment !*

— *Fais-le…*

Sur l'instant, je ne saisis pas pourquoi il voulait que je fasse cela, mais je lui obéis et là tout s'éclaira. La pièce se remplit de meubles. Les sons arrivèrent. Tout s'anima.

— *Tu es là, Adam ?*

— *Euh oui…*

— *Je ne te vois plus…*

— *Que se passe-t-il ?* s'inquiéta-t-il soudainement.

— *Je ne sais pas. Ne vois-tu vraiment rien ?*

— *Juste toi à présent au milieu de la pièce.*

— *Viens prendre ma main…*

Il s'exécuta sans réfléchir et je le sentis présent en moi. Il vivait maintenant ce que je vivais.

Le messager releva les yeux vers moi.

— Je savais que tu viendrais.

— Vous… vous me voyez ?

— Oui, Hope.

C'était incroyable.

— Quel jour sommes-nous ? demandai-je alors, car je voyais bien que ce qui nous entourait était ancien.

— Le 20 décembre 1901.

— Pourquoi me montrer cela ?

— Cet enfant est peut-être un porteur, ceux de la lignée par qui l'équilibre doit arriver.

— Que racontez-vous ? Qui êtes-vous ?

— Le messager. Ne le sais-tu pas ?

— Si… mais…

— Tous ont échoué.

Je ne comprenais rien.

— Pourquoi ?

— Parce qu'ils n'étaient pas l'élu. Juste le transporteur du gène, finit-il en me fixant.

— Dites-moi ce que je suis.

— L'élue, je viens de le dire.

— J'ai besoin d'une autre réponse.

— Elles viendront en temps et en heure.

— Et si… vous vous trompiez ?

— Jamais.

Puis, il disparut aussi vite qu'il était apparu. La pénombre remplissait de nouveau la pièce. Adam me regarda encore plus étrangement que d'habitude.

Il m'enlaça et me serra du plus fort qu'il put sans me casser.

— Juste lui peut me donner des explications, dis-je.

— Il te guide, Hope.

— Vers quoi ?

— Si je le savais…

Nous refermions la porte sur cette chambre vide et si pleine de vie dans le même temps. Main dans la main, nous traversions la clinique et nous séparâmes sur le parking. Puis, chacun dans nos voitures, nous prîmes la route du retour.

Je le suivais encore choquée de ce que je venais de vivre et d'entendre.

Était-ce le messager qui m'avait contacté ou avais-je acquis le don de vision rétrograde ? Ou bien était-ce tout simplement les deux !?

DESTINÉE

Ma vie a été bouleversée, il y a environ un an et demi. Mon corps a changé, évolué, et il m'a offert des facultés que même aujourd'hui, concernant certaines, j'ai du mal à accepter.

J'ai visité le Tibet et j'ai rencontré l'une des créatures les plus belles qu'il m'ait été donné de voir.

J'ai des dons comme les Imhumvamps, pourtant je suis humaine. Je suis immortelle, comme eux, pourtant je reste humaine.

En tout cas, c'est ce que j'ai toujours cru. Car plus je découvre ce que je suis capable de faire, et plus même à cette question, la réponse m'échappe de plus en plus.

CHEZ NOUS

Il ne faisait pas encore nuit que nous rentrions dans cet endroit qui me procurait beaucoup de sérénité. Notre petite maison de Paris avait, malgré tous les événements survenus en son sein, un effet d'apaisement sur moi ou alors peut-être était-ce tout simplement ces habitants.

Malgré nos différences Adam, Artur et moi vivions en harmonie. Nous nous respections et échangions tout. Souvent le soir, nous nous retrouvions pour discuter des moments de la journée passée loin de nous.

Ce soir, il y avait énormément à dire ou à montrer, car parfois l'image était plus aisée que les mots.

Le messager avait refait son apparition. Cette fois, il avait partagé avec moi des faits se déroulant en 1901. Quand était-il né et ne mourait-il donc jamais ?! Je commençais à me poser autant de questions sur cet être qui n'était pas vraiment humain, que sur moi-même.

Nous nous installâmes autour de la table basse du salon, et joignirent nos mains pour notre moment de communion.

Cela dura un temps infini, du moins, cela fut mon impression. Je revivais mon intense journée essayant de voir des détails que j'aurai peut-être omis.

Lorsque notre échange s'acheva, Artur se gratta le menton. Adam et moi l'observions, nous pensions toujours qu'il pouvait nous apporter des réponses, mais visiblement et vu son attitude, sa tête était autant remplie de questionnements que les nôtres.

— Votre mère est enceinte, lança-t-il soudainement.

— Quel est le rapport, Artur ? demandai-je dans une incompréhension totale.

— Alexandre n'est plus. C'est dans l'ordre des choses qu'un autre Imhumvamp arrive en ce monde, continua-t-il sans se soucier de ma question.

— Artur… dis-je doucement en posant la main sur son bras.

— J'ai besoin de réfléchir, déclara-t-il en fixant son regard dans le mien.

Il savait que partager une telle information, aussi importante pour nous, nous ferait réagir lui laissant dans le même temps celui de son propre raisonnement à ce qu'il venait d'apprendre de nous.

Jamais, je n'avais vu Lilly enceinte et j'avoue que cela me rendait curieuse et excitée à la fois. Puis, comme le voulait Artur, cette simple phrase prenait le pas, dans ma tête, sur mes interrogations et ma journée atypique.

Je me tournai vers mon frère qui était, quant à lui, bien trop calme.

— Adam ?

— Oui ?

— Tu n'as rien à dire… Étais-tu au courant ?

— Non, mais c'était une éventualité et mon esprit y était préparé.

— Et ton cœur ?

— J'ai toujours partagé l'amour de ma mère, donc ça va aller. Puis, on a le temps. Je suis heureux pour elle et Érik.

Son attitude était étrangement sereine.

— Tu sais qu'il n'est pas le père, n'est-ce pas ?

— Bien sûr, mais les gènes sont-ils si importants ? Nylan a été mon père, pourtant rien ne nous liait, à part elle.

— Il était également le mien…

Il se pencha vers moi, alors qu'Artur était encore silencieux, comme absent, et posa un baiser sur mon front.

— Je le sais.

Je le fixai, à la maison, je ne portais que peu mes lunettes. Nos yeux étaient unis. Je n'avais pas la crainte de le faire mourir, même si j'y pensais ardemment. Laure était morte de ce foutu don, alors pourquoi pas lui, vu qu'il était aussi une créature sur-naturelle ?

— Tu ne me tueras point…

— Je n'en ai pas l'intention, affirmai-je.

Il se rapprocha et me chuchota :

— … si tu m'aimais… je veux dire…

Je tournai la tête vers lui, nos visages étaient si près l'un de l'autre que je sentais son souffle sur ma peau.

— Ce n'est pas le moment, répondis-je doucement.

— Il n'y a pas de moment, ajouta-t-il en se rasseyant correctement sur son siège.

Nous restions silencieux, attendant qu'Artur réagisse. Il était ailleurs, là où lui seul savait. Quelque part probablement dans sa mémoire. Nous étions invisibles pour lui. Son don de vision ré-trograde était tellement différent du nôtre. Il avait tant de capaci-tés que je pensais qu'il aurait dû être l'élu de ce messager. Qu'elle que soit la tâche et le destin de cette personne, mon oncle aurait été à même de la mener.

— Je vais faire ton arbre généalogique, lança-t-il soudainement.

— Pourquoi ? demandai-je.

— Peut-être nous donnera-t-il des indications.

Je restai perplexe à cette idée.

— Es-tu certain de ne pas avoir rencontré le messager avant les années quarante ?

— Quasi, oui. Pourquoi ?

— Je ne sais pas, lâchai-je en me levant, je cherche des indices pour comprendre ses mots, ma destinée. Que suis-je censée faire d'autre ?

— Attendre.

— Attendre quoi ? Qu'un autre malheur arrive qui me révèlera ce à quoi je suis prédestinée ?

— Ce n'est pas ce que j'ai voulu dire, Hope.

— Vois, Artur, des nouveaux dons apparaissent…

— Arrête, me coupa-t-il, octroie-moi un peu de temps… encore un peu de temps. Nous faisons notre possible pour élucider tout cela. Nous faisons de notre mieux. Ta vie n'est-elle pas plus confortable depuis quelques semaines ?

— Si, mais…

— Mais, rien. Sois patiente et observe.

— Je ne peux pas rester inactive.

— Tu ne l'as pas été aujourd'hui, et nous t'avons laissé faire.

— Oui, mais…

— Cesse tes « mais », veux-tu ? Cela ne fait rien avancer du tout.

Adam posa la main sur la mienne pour me calmer.

— Que penses-tu de la vision que j'ai eue ? continuai-je.

— Les images ou le fait que tu as été capable de l'avoir ?

— Les deux…

— Ce nouveau don provient de Lilly, il est vampirique par excellence, rare, certes, mais ta mère le possède donc, c'est presque logique que tu en aies hérité au travers de son sang.

— D'accord.

— Quant à la vision… J'essaie de comprendre pourquoi le messager t'a fait revivre cet instant-là et pas ton propre séjour dans cette même chambre. C'est la raison pour laquelle, il me semble approprié d'étudier l'histoire de ta famille. Le messager te donne des indices, à nous d'en faire bon usage.

— Il prend son temps !

— Il t'attend depuis si longtemps, Hope, ajouta-t-il doucement.

— Je crois qu'il veut doser tes découvertes, intervint Adam.

— Pourquoi ?

— Ne pas t'effrayer, par exemple, compléta Artur.

Il regarda Adam et lui dit :

— C'est bien réfléchi !

— Êtes-vous en train d'insinuer qu'il est bienveillant ? demandai-je.

— Tout simplement, oui. Comme nous le sommes tous avec toi, conclut Artur en se levant.

Il se dirigea vers la porte-fenêtre. Il fit craquer son cou, une fois, deux fois, signe de sa métamorphose. Un grondement à peine audible sortit de sa cage thoracique. Il tourna la tête une dernière fois vers nous pour nous sourire, puis ses ailes apparurent, majestueuses, d'une amplitude incroyable.

Alors, il prit son envol en quête d'informations sur mon passé. Dans la nuit résonna durant quelques instants le bruit gracieux du battement de ses ailes.

LILLY

Avec Adam, nous voulions absolument voir notre mère, Lilly, enceinte. Ce n'était pas donné à tout le monde de pouvoir assister à un tel événement à nos âges. Bien sûr que nous aurions pu attendre, elle allait l'être au moins six mois ou un peu moins, dépendant de l'avancée de sa grossesse. Nous l'avions appris la veille et, maintenant, nous ne tenions plus.

Au petit matin, nous poussions ensemble les portes du château et allâmes dans la chambre de Lilly et Érik. Faire irruption dans leur nid d'amour ainsi était quelque peu dangereux, mais la seule chose que nous craignions était de les trouver dans une posture embarrassante.

Mais voilà, ils n'étaient pas là !

— Où sont-ils ? demandai-je à mon frère.

— Je ne sais pas. Je suis déçu !

— Moi aussi, pour une fois que nous voulions lui faire une surprise.

Nous étions redevenus les enfants de Lilly, comme à notre plus jeune âge. Ceux qu'elle a bercés, choyés. Ceux dont elle ne se séparera jamais. Nous étions excités comme des gosses au matin de Noël.

Sauf que nous étions en juillet. Pourtant, cela n'avait pas la moindre importance, nous allions tous avoir un joli petit cadeau.

— Suis-moi… me jeta Adam en dévalant les escaliers.

Arrivée en bas des marches et face à la porte d'entrée, je le retins par le bras.

— À quoi penses-tu ?

— Le lac… lança-t-il en reprenant sa course.

La veille, Adam s'était retrouvé presque dans un état de choc à l'annonce de la nouvelle et maintenant il ne pouvait plus se contenir. Je ne cherchai pas à comprendre et courus derrière lui. Après que nous ayons franchi les hautes herbes, nous les trouvions tous les deux allongés à contempler le ciel comme des gamins.

Lilly tourna son regard, et nous sourit en guise de bonjour.

— Que se passe-t-il ? interrogea-t-elle.

— N'as-tu rien à nous révéler ? questionna ironiquement Adam, les mains sur les hanches.

Elle se releva d'un bond agile, suivie d'Érik.

— Artur ne sait pas tenir sa langue ! argua-t-elle.

— C'est donc vrai ? voulus-je m'assurer.

— Oui, finit-elle par avouer la main posée sur son ventre un peu rond.

— Super ! lancions-nous en chœur avec mon frère.

Lilly se rapprocha de nous et nous prit dans ses bras. Elle nous embrassa à tour de rôle.

— Allons prendre un café, suggéra Érik en marchant déjà vers le château.

Depuis de longues années, l'Orkani faisait partie de nos vies. Pourtant, il restait toujours aussi discret, intervenant peu dans nos conversations ou nos vies.

Adam le rejoignit, me laissant seule au bras de ma mère.

— As-tu trouvé quelque chose de probant chez Nylan ?

— Oui, mais des infos pas très gaies.

— C'est-à-dire ?

— Tu savais que, lors de ma naissance, j'étais morte et revenue à la vie au bout de deux minutes ?

— Non, pas du tout.

Je lui tendis une copie des actes de naissances et de morts de ma mère et moi-même. Elle les observa quelques minutes, je ressentis une grande peine l'envahir. Elle me les rendit et me serra contre elle en me chuchotant qu'elle était désolée.

— Penses-tu que j'aurais survécu sans ton sang ?

— Au vu de ce que tu me dis et des événements des derniers mois, je crois que oui. Mais, finalement, on ne le saura jamais.

Nous reprîmes notre chemin, nous étions désormais dans la partie entretenue du jardin. Je stoppai une nouvelle fois.

— Maman...

— Oui ? demanda-t-elle l'air inquiet.

— J'ai également trouvé une lettre de Camille pour moi.

— Montre-la-moi.

Je lui remis et le sentiment que je percevais maintenant était différent de celui d'il y a quelques minutes.

— Quelle cachotière ! finit-elle par dire.

— L'aurais-tu cru si elle t'avait raconté tout cela ?

— Je l'ignore, mais je comprends à présent pourquoi elle a accepté de tout quitter aussi facilement pour nous suivre ici. Elle ne voulait pas te laisser et tenir sa promesse envers ta mère.

— Si... elle en avait parlé, n'auriez-vous pas essayé de m'aider avant ?

— Si elle l'avait fait, je ne sais pas ce que nous aurions pu faire de plus si ce n'est être encore plus attentif à ta vie.

— Ce qui aurait été pour moi encore pire !

— En effet. Nous avons toujours été extrêmement prudents avec toi, Adam ou Kilien. Je pense que cela nous aurait juste inquiétés un peu plus. Cela dit, je ne crois pas que la surveillance se serait étendue pendant tant d'années.

— C'était donc inévitable que les choses se passent ainsi.

— Oui, je le pense sincèrement. Mais, si tu es l'élue comme le prétend ce messager, il ne t'aurait pas laissée mourir. D'ailleurs, il ne l'a pas fait !

Nous reprîmes notre chemin en continuant de parler.

— Tu as probablement raison. Crois-tu aux coïncidences ?

— Non, tout a lieu pour une raison, Hope. Nous obtiendrons des réponses…

— Il le faudra bien. Artur et Adam envisagent que le messager est bienveillant avec moi.

— Il n'a jamais montré de signes d'hostilité en tout cas.

— Hier, à la clinique, il a partagé avec moi un moment très ancien. Dans la chambre où moi-même j'étais, a aussi séjourné un autre de ma lignée, si je peux dire ainsi.

Elle s'arrêta de nouveau et me fixa. Je lui tendis les mains et elle s'insinua dans mon esprit pour revivre la rencontre avec mon ancêtre.

— Il faudrait en connaître davantage sur ce messager, fit-elle à la fin de notre communion.

— C'est exactement ce que je me disais ce matin, mais cela va être difficile vu qu'il ne se montre que lorsqu'il le désire.

— Où est Artur ? demanda-t-elle en marchant à nouveau.

— Parti hier soir, je ne sais où, pour en apprendre plus sur ma famille.

— Cela ne servira à rien, hélas.

— Pourquoi ?

— Nous avons effectué des recherches avant ton adoption et nous n'avons rien trouvé concernant ta mère ou tes grands-parents.

— Oh !

— Je suis vraiment désolée, dit-elle une fois de plus alors que nous rentrions dans le château.

Nous rejoignîmes Érik et Adam dans le salon, nos cafés nous attendaient tout comme eux le faisaient. Nous prîmes place dans les fauteuils près du piano.

— Alors cette naissance est prévue pour quand ? demanda Adam.

— Noël ! lâcha Érik en prenant la main de Lilly qui lui souriait.

— Wow ! Ça, c'est du cadeau ! répondis-je véritablement enthousiasmée de cette nouvelle.

— Donc tu es au courant depuis un bon mois, ajouta Adam.

— Oui et non, mon fils. Tu sais que les Imhumvamps ne sont pas des humains, donc je ne connais pas les signes d'une grossesse. C'est Érik qui m'a fait remarquer mon embonpoint !

— Avec finesse, j'espère, conclut Adam en rigolant.

Il est vrai que Lilly était svelte, pour Érik un tel changement était visible et de plus il l'avait déjà vécu. Quant à nous, c'était difficile de le déceler dans le premier mois.

LA PIERRE POLVUSIENNE

Deux jours plus tard, Artur donna enfin de ses nouvelles. Il n'avait trouvé aucune information, comme l'avait annoncé Lilly, mais sa piste l'avait conduit en Écosse, chez les Polvusiens.

C'était à n'y rien comprendre, toujours est-il qu'il nous demanda de le rejoindre. Adam et moi prîmes le premier vol commercial en direction d'Aberdeen.

J'étais heureuse de faire ce voyage, il y avait une éternité que je n'avais pas revu Lou-Brian. Mes évolutions m'avaient éloignée des miens et rapprochée pour certains.

Artur nous attendait à l'aéroport en compagnie de Kilien. Nous ne savions même pas qu'il était ici ! Nous nous saluâmes et, sans perdre une seconde, nous engouffrâmes dans la voiture en direction de Stonehaven et de la demeure des Polvusiens, de Kilien et sa mère Seona.

Étrangement, la route se fit en silence alors que je redécouvrais ce paysage. Durant mon enfance, j'étais venue ici à plusieurs reprises avec Lilly. C'était un peu le coin de nos vacances.

Artur gara le véhicule sur Eleonor Drive devant la propriété des sorciers. Nous en descendîmes, puis nous dirigeâmes vers la porte. Kilien ouvrit la porte au moment où Artur me tira à part par le bras.

   — Attends, j'ai besoin de te parler.

   — D'accord, lui dis-je quelque peu surprise.

Il aurait tout aussi bien pu le faire durant le trajet par télé-pathie.

   — Qu'est-ce qu'il se passe ?

   — Ne te demandes-tu pas pourquoi nous sommes ici ?

   — Bien sûr que si, mais je savais que tu m'en causerais à un moment ou à un autre, répondis-je en souriant.

   — Il m'est apparu !

   — À toi aussi…

   — Il semble qu'il nous parle ou nous envoie des messages à tous deux, oui.

   — Et que t'a-t-il montré ?

   — Rien, il m'a prié de te faire venir ici…

   — Et ?

   — De prendre la pierre Polvusienne…

   — Ton frère est mort d'avoir voulu garder ce talisman qui appartient aux sorciers, le coupai-je.

   — … oui, je lui ai dit. Il m'a rétorqué que tu devais simplement la prendre en main.

   — La prendre en main… répétai-je.

   — Oui.

   — Les sorciers sont-ils au courant de la raison de ma venue ici ?

   — Naturellement. Il n'y a aucun danger.

   — Si tu le dis, rétorquai-je.

Artur, mon oncle, était l'une des personnes sur cette terre en qui je faisais le plus confiance, puis il était tellement fort que je n'avais rien à craindre. Par contre, il était hors de questions de nous battre contre cette autre partie de ma famille adoptive : les sorciers et mon frère Kilien.

— Vous venez ? cria Adam de la porte d'entrée.

— Bien entendu, répondit Artur.

Je les suivis en silence, cherchant à comprendre ou même deviner ce qui me liait à cette pierre. Je ne l'avais jamais vu, malgré mes multiples séjours en ces lieux. Elle était le trésor caché des Polvusiens. Elle leur apportait une force à laquelle je ne m'étais jamais intéressée.

Nous allâmes dans la salle aux bougies comme j'avais toujours aimé l'appeler, mais à la vérité, cette pièce était l'endroit où ils faisaient leurs conseils et recevaient les visiteurs. J'avais entendu dire, à raison, que c'était ici même que Lilith, ma grand-mère, avait exterminé un très grand nombre de ces sorciers, le père de Kilien compris, afin de venger la mort de ses propres enfants. La réplique des survivants fut terrible, Darren en était mort. Puis, j'étais arrivée et Lilly, avait sauvé Kilien malgré le meurtre de Darren par la mère de celui-ci. Les raisons du cœur parfois m'étonnaient, mais sans tous ces événements, je ne serais probablement pas ici. Enfin, c'est ce que j'avais toujours cru avant ces derniers jours.

Seona était assise sur une chaise haute en bois sculpté. J'avais tout le temps connu cette chaise et m'y étais même posée lorsqu'enfant, avec mes frères nous jouions à la reine et ses vassaux.

Dès mon entrée elle me sourit, puis, directement d'un signe de main, me demanda de m'approcher. De chaque côté de son assise se tenaient debout deux grands hommes, assurément ses gardes du corps.

Artur était reconnu comme un sage et un être doté de bon sens. Malgré cela et ce qu'il avait pu leur raconter, Seona semblait se méfier de moi. Il est vrai que nous ne savions pas ce que j'étais. J'en déduisis qu'elle était méfiante, à juste titre. Pourtant, elle me connaissait depuis si longtemps, enfin avait connu la petite fille que j'avais été et pas l'être que maintenant j'étais devenue.

Artur et mes frères étaient restés en arrière. Tous se tenaient bien droits, à l'écoute.

— Hope, ton oncle m'a confié l'histoire de ce messager et la tienne. J'imagine qu'il a gardé pour lui, les détails que toi, tu ne veux pas qu'il dévoile. Aujourd'hui, ta quête de vérité te mène ici, en ma demeure.

— Oui.

Elle se leva et reprit son discours en marchant lentement au travers des bougies. Sa robe traînait sur le sol, mais le tissu ne s'enflammait pas au contact du feu. La capacité des sorciers à maîtriser les éléments me surprendrait éternellement.

— Votre messager, Seamus…

— Oh ! ne put retenir Artur.

Elle se tourna vers lui et lui sourit.

— … nous a confié, il y a de cela des siècles, cette pierre. Son message était clair : nous devions en prendre soin, quelles qu'en soient les conséquences. Mon époux, Polvus, y a perdu la vie, mais nous n'avons jamais feint à notre tâche et promesse. De nos jours, le gardien de la pierre Polvusienne est Kilien et lui seul peut desceller le sort qui la garde en sécurité derrière ces murs.

Ceci expliquait sa présence. En quelques secondes, des informations primordiales nous étaient révélées.

— Kilien, mon fils, viens ! lui demanda-t-elle en lui tendant la main.

Il la rejoignit.

— Hope, je te prie.

Je l'imitai et allais au centre de la pièce. Seona passa la main autour d'elle en formant un cercle, et les bougies proches de nous s'éteignirent. Elle recula de quelques pas.

Kilien leva les yeux vers le ciel, j'en fis autant, mais ne vit que le plafond. Un bruit de glissement sourd résonna, au-dessus de nous, les lattes de bois s'écartèrent pour laisser apparaître de la roche.

Je reportai mon regard interrogateur sur lui, il me souriait à présent.

— N'aie pas peur, petite sœur, dit-il en soulevant les mains, paumes face à nous.

Je crus qu'il voulait que je pose les miennes dessus, mais il me fit un signe de tête que non. Il prit une grande inspiration et ferma les yeux.

— *Tha e ann, eadar-dhealaichte agus làidir. Bidh na reultan a 'dùsgadh agus a' fosgladh an dorais. Thoir seachad do ionmhas mar thiodhlac ar geasaichean.*[1]

De minuscules étoiles au-dessous de nous apparurent et commencèrent à pénétrer la roche en émettant un léger crépitement. Elles rongèrent si fortement et rapidement le rempart qui nous séparait de la pierre, qu'il en devint rougeâtre. Un trou parfaitement rond se forma sur le plafond. Mes yeux ne pouvaient se détacher de cet enchantement magique.

Enfin émergea une boîte en bois rectangulaire, elle semblait suspendue dans l'air. Sans que je ne sache pourquoi, je tendis le bras et la fit descendre lentement. Arrivée face à moi, un petit clic retentit en entrebâillant légèrement le couvercle.

Je jetai un regard à Kilien qui, d'un signe de tête, m'autorisa à continuer. D'un geste de la main, j'ouvris en grand la boîte. Sur un bout de soie rouge, une pierre noire était posée. Je m'emparai de l'écrin et le rapprochai de moi. La pierre semblait banale. Quels pouvoirs renfermait-elle ?

Alors que je l'observai, une lueur céruléenne la parcourut.

— *Prends-la en main*, me souffla Artur.

— N'est-il pas sacrilège ? répondis-je tout haut.

---

[1] « *Elle est là, différente et forte. Les étoiles scintillent et ouvrent la porte. Fais don de ton trésor à l'élue de nos sorts.* »

— Pas lorsque l'on est l'élue, Hope.

— Soit…

Je la pris délicatement comme me le demanda mon oncle, elle tenait dans le creux de ma paume, puis je tendis la boîte à Kilien. *Je la protégerais toujours.* Ce fut la première pensée qu'il me vint.

Elle était chaude, je pouvais à présent distinguer des nervures bleues sous la surface noire. Ce petit bout de roche semblait vivant ou plutôt prendre vie. Petit à petit, le bleu absorba complètement le noir et commença à se transformer en violet. Le spectacle de cette métamorphose était splendide et hypnotique.

Une voix inconnue résonna dans mon esprit.

— *Retire ta protection visuelle et elle se dévoilera à toi…*

Je relevai la tête vers tout le monde. Personne ne me fit de signe pour appuyer cet ordre.

Je remontai mes lunettes sur mon crâne et tout s'éclaira. La pierre devint rouge translucide et des images apparurent. Je tenais à présent ce joyau de mes deux mains et observai les scènes qui se succédaient à une vitesse vertigineuse.

À plusieurs reprises, je reconnus Seamus, le messager, Artur, Lilly et tant d'autres visages.

Je n'ai aucune idée du temps que cela dura. Je sentais autour de moi que les gens bougeaient, vivaient en attendant que je revienne à eux. Je les voyais en arrière-plan alors que moi, j'apprenais et assimilais des milliers d'informations. Je ne pouvais détacher mon attention de la source carmin et bouillonnante.

Puis, enfin un stop apparut, écrit de lettres d'or comme si l'enregistrement était terminé. La pierre était redevenue noire, seule l'inscription scintillait en son centre.

Je relevai les yeux vers les miens et tous firent un pas en arrière.

— Quoi ?

Artur s'approcha de moi et posa la main sur ma joue en silence.

— Dis-moi ! lui murmurai-je.

Il me sourit, mais ne répondit pas, ce qui accentua un peu plus mon angoisse. Qu'avais-je donc pour leur faire peur ainsi ? La main de mon oncle remonta sur ma tête et rabaissa mes lunettes avant de caresser mes cheveux.

— Artur, s'il te plaît, que se passe-t-il ? suppliai-je.

— Ton corps a évolué, dit-il simplement, puis il me prit dans ses bras.

Il me serra extrêmement fort contre lui.

Je fixai Adam et compris encore plus à son regard posé sur moi que cela devait être terrible, pour ne pas dire horrible. Il paraissait le plus touché de tous par ce que, moi, je n'avais pas encore vu.

— Suis-je si laide ? lui demandai-je.

— Non, tu es magnifique…

— Pourquoi ce recul et vos regards de dégout sur moi ?

— … et surprenante, ajouta-t-il.

— Cela veut dire quoi ?

Seona entra dans la pièce, je ne l'avais même pas vu en sortir. À la main, elle tenait un miroir. Elle se rapprocha en me souriant.

Tous le faisaient et pourtant, tous avaient reculé.

Je me détachai d'Artur et tendis la main vers elle. Elle y déposa le miroir. Alors que je m'apprêtai à découvrir ce qu'il leur faisait tant peur, elle posa la main sur mon bras, arrêtant mon geste.

— Attends.

— Attendre quoi ?

— Nous allons te laisser seule un instant.

Je fronçais les sourcils d'incompréhension, mais je patientai le temps que chacun ait quitté la pièce, la tête pleine d'appréhension.

Je me retrouvai là, les bras ballants le long de mon corps, tenant précieusement le miroir et toujours la pierre. Kilien avait mis la boîte sur une petite desserte près du mur. J'allais y déposai le minéral à l'intérieur, le couvercle se rabattit seul. Puis, l'écrin prit son envol et retourna dans la roche qui se referma immédiatement.

Je n'osai pas me regarder.

Toutes ces images et ces moments que la pierre avait partagés avec moi me mettaient dans un état second. Je me sentais perdue plus que jamais et ils m'avaient laissée dans cette pièce, livrée à mes peurs et mes pensées.

Toutes les bougies s'étaient éteintes. Je pris place au centre sur les dessins de mosaïque et m'y asseyais en tailleur. Le miroir posait à l'envers entre mes jambes. J'essayai de trouver un semblant de calme.

J'essayai…

Pour commencer, je retirai mes lunettes si protectrices. Puis, je pris ce courage, qui d'ordinaire ne me faisait pas défaut, pour m'emparer de l'objet qui allait me montrer ces autres évolutions. Lentement, je le portais devant mon visage et ouvris les yeux. Je les refermai immédiatement, ce n'était pas possible, mon iris s'était recoloré !

Je tentais une seconde fois l'opération et finis par me fixer sur moi-même. Je rentrai dans cet œil devenu rouge luisant : le cercle était parfait, la délimitation entre le blanc et la couleur également.

Seulement, ces yeux-là étaient rouges !

Le mot « démon » surgit instantanément dans mon esprit. Je hurlai de toutes mes forces. Les poings serrés sur ce miroir, les ongles de mes doigts libres s'enfonçaient dans ma chair me rappelant que d'une manière ou d'une autre, j'étais vivante.

Artur entra dans la pièce et se dirigea vers moi d'un pas décidé. Il me souleva du sol, et me blottit contre lui au point que je ne puisse plus respirer. Je me débattais, mais qu'étais-je comparée à lui ? Il me cerclait pour amoindrir ma colère ou ma peur. En toute vérité, je ne savais pas exactement ce que j'éprouvais.

Alors, je me mis à pleurer à chaudes larmes. Acte échappatoire de mon ressenti. J'espérai tant que tout s'efface, que tout revienne comme avant. Que mes larmes s'échappent et emportent ce cauchemar loin de moi. Il était trop tard pour cela, je le savais, et puis c'était impossible. De cela aussi, j'en étais consciente. Je m'étais sentie comme un monstre avec mes yeux blancs et les capacités diverses que mon corps ou cette prophétie m'avait offertes. Pourtant à présent, j'étais devenue encore autre chose et je ne pouvais pas y échapper.

J'étais immortelle, malgré moi. Bon nombre de personnes auraient aimé avoir ma place, être dans ce corps, qui n'était plus le mien.

Alors qu'Artur me cinglait toujours, mon esprit fit remonter le miroir une nouvelle fois devant mon visage. Mes yeux rouges s'accordaient parfaitement à la couleur de mes cheveux. Ils s'étaient foncés, ce roux que j'affectionnai avait disparu laissant place à un auburn clair. Même physiquement maintenant, je ne me reconnaissais plus !

— Calme-toi, me dit doucement Artur.

Je ne répondis pas, continuant de pleurer dans l'espoir improbable que tout cela s'efface, dans l'espoir que ce ne fut qu'un autre rêve. Il caressait ma tête. Enfin, il recula d'un pas, les deux mains sur mes bras, me tenant toujours prisonnière. Il me fixait tendrement, mais aussi fermement.

— Nous devons trouver le messager, réussis-je à prononcer.

— Je suis d'accord.

— Je suis si laide !

— Nooonn…

— Depuis quand avoir les yeux rouges est-il un charme ?

— Ne regarde pas le détail, contemple l'ensemble.

— Facile à dire pour toi !

— Pas tant que cela. Il s'agit de toi, tu sais à quel point je t'aime. Mais, là maintenant… Tu es la plus magnifique créature qu'il m'ait été donné de contempler durant ma longue existence.

Je fronçai les sourcils, ne saisissant pas ce qu'il me disait. Y avait-il autre chose que je ne voyais pas ?

— Je ne comprends pas…

— Viens !

Une fois de plus, je n'avais pas d'autre choix que de le suivre. Nous sortions de la pièce, nous dirigeant dehors vers le petit jardin derrière la maison. Là où, lorsque j'étais encore une enfant normale, je lisais durant des heures, adossée à cet arbre centenaire qui en tenait le centre.

Il prit mes mains et les souleva devant moi.

— Que dois-je voir ? demandai-je ne comprenant toujours pas où il voulait en venir.

— Ton aura…

— Quoi ?

— Autour de ton corps, lança-t-il les yeux ébahis.

— Tu es fou !

Il sourit.

Derrière lui, j'aperçus Kilien sous une alcôve un peu plus loin. Il leva le bras en l'air vers l'arbre derrière nous. Je me tournai pour suivre la trajectoire de son geste et je vis apparaître un grand miroir qui flottait dans l'air.

J'aimai cette magie-là !

Lentement, je m'en approchai et pris conscience ce qu'Artur voulait dire, et les mots d'Adam prirent soudainement tous leurs sens. Je ne l'avais pas remarqué dans la pièce, car avant de sortir Seona avait éteint les bougies.

Je touchais ma joue, la texture de ma peau paraissait ne pas avoir changé. Mes cheveux étaient toujours aussi soyeux. J'observai intensément mon reflet. Ma peau semblait… absorber la lumière et dans le même temps renvoyer une clarté. Je projetai une aura lumineuse blanche. C'est vrai que c'était magnifique. Je ressemblai à un ange. Immédiatement, cette pensée me fit songer à la prophétie.

« *Utilisée à mauvais escient, elle ne sera que sang et mort. Captée et domptée, elle sera bien plus puissante dans la lumière et la positivité.* »

Je me retournai vers mon oncle en écartant les bras.

— Que vais-je faire de cela ?

Un éclair fendit l'air et tout disparut.

SEAMUS, LE MESSAGER

Mes yeux s'ouvraient lentement sur le décor d'une chambre qui avait bercé mon enfance. Assis sur le bord du lit, Adam, l'air inquiet, me tenait la main. En le voyant, tout me revint en mémoire.

— Ne te lasses-tu pas d'être au chevet d'un monstre ?

— Non, même si cette affirmation était vraie ! Comment te sens-tu ?

Je me redressai un peu et soufflai.

— Ça va. Que s'est-il passé ? finis-je par demander.

— Seona a lancé cet éclair d'inconscience, car tu commençais à paniquer.

— Elle devrait le faire pour tout le temps et même plus encore. A-t-elle le pouvoir d'abréger mon existence ?

— Je ne sais pas, et ce n'est pas d'actualité. Tu ne peux pas te défiler devant ta mission.

— Quelle mission ?

— Aucune idée, quelle qu'elle soit ! Comment est ta vue à présent ?

Mon regard quitta Adam pour parcourir la pièce. Un sourire s'épanouit sur mon visage.

— Normale ! Je n'ai plus cette amplitude qui remplissait mon champ de vision !

— Tu vois, les choses reprennent leur place, annonça-il en toute sincérité.

— Tu trouves que d'avoir les yeux rouges et les cheveux d'une couleur bizarre est… normal, toi ?

Adam posa la main sur ma joue avec une douceur incroyable. Je mis la mienne sur la sienne.

— Tu n'es plus aussi froid qu'avant…

— Je n'ai pas changé.

— Non, bien sûr que non, c'est moi ! dis-je en le libérant.

— Stop, Hope. Cela devient pénible. Tu ne veux pas juste accepter ce qu'il t'arrive et d'y voir là, un bon présage. Un moyen de faire le bien autour de toi.

— Qu'est-ce que t'évoques un être aux yeux rouges ?

— Un démon ! intervint Artur en entrant dans la chambre.

— Ce n'est pas beau d'écouter aux portes ! lâchai-je, fâchée de cette intrusion.

— Et à quoi t'as fait penser la clarté qui émane de ton corps, Hope ? continua-t-il sans prêter attention au ton de ma réponse.

— Un ange…

— Voilà, la prophétie est claire. À toi d'opter pour le camp que tu veux : le bien ou le mal.

— Tu le connais très bien, ce choix !

— Oui… répliqua-t-il doucement. Je le sais, c'est pourquoi tu ne dois pas t'arrêter sur tes yeux. Ils sont rouges, certes, et alors ? Avant, ils n'avaient plus de couleur, n'était-ce pas plus étrange ? Ta vision est redevenue normale. On l'ignore mais, ils sont peut-être en transition eux aussi.

Je baissai mon regard. Mon oncle avait raison. Je devais cesser de m'emporter ainsi, même si n'importe qui ferait de même. Il vint s'asseoir de l'autre côté du lit.

Autour de moi demeuraient les personnes qui m'étaient les plus chères au monde.

— C'est épuisant pour moi, vous ne pouvez, ni l'un ni l'autre, le contester.

— C'est exact, mais ce n'est pas non plus de tout repos pour nous, ajouta Artur.

— Je veux bien te croire.

Adam, en silence, me tenait toujours la main. Il avait l'air si doux. Quelque chose avait changé dans son regard. C'était très difficile à comprendre, car il avait fermé son esprit au mien. Fait rarissime, certainement à la demande de notre oncle, mais pour quelle raison ?

— Bon, maintenant, Hope, te rappelles-tu de ce que la pierre t'a montré ?

— Pas des moments précis, mais je vous ai presque tous vus. Il y avait comme un défilement de visages. C'était tellement rapide. Combien de temps cela a-t-il duré ?

— Un jour et demi, lâcha Adam.

— Quoi ?

— Il dit vrai, confirma Artur.

Le temps n'avait pas d'emprise sur moi, mais quel gâchis de ne pas se souvenir des détails partagés par cette amulette !

— Aucune vision n'était fixe assez longtemps pour que je puisse en déduire quoi que ce soit, je suis désolée, finis-je par dire.

— Ne le sois pas. Nous savons que chaque acte a sa raison d'être…

— Mais, à quoi cela sert-il de me communiquer des informations si décousues ? le coupai-je.

— À nouveau, je suis tenté de te dire que je ne possède pas toutes les réponses…

— Qui alors ? l'interrompis-je encore.

— Le messager… intervint Adam très calmement.

— D'accord… Comment le faire venir ici ? m'enquis-je en passant mon regard de l'un à l'autre.

— Il est déjà venu ici, annonça Artur.

— Quand ?

— Au moins une fois pour confier la pierre aux Polvusiens.

— Ah oui, c'est vrai. Nous pourrions demander des explications aux sorciers et ensuite le faire revenir.

— C'est ce que nous allons faire.

— D'accord, mais avant cela, je vais vous prier à tous les deux de me laisser quelques instants que je puisse me laver et être à nouveau présentable.

— Il était temps ! dit Adam en se levant.

— Mais…

— À tout de suite, lança Artur.

Puis, ils sortirent.

Immédiatement, je sautai du lit pour passer dans la salle de bains et ensuite les rejoindre pour, peut-être, avoir des réponses.

La douche fut rapide. Mon esprit allait très vite, faisant se télescoper dans ma tête des tas d'idées et d'images. À ce rythme-là, une migraine ne tarderait pas à venir.

Je me tenais devant le miroir embué que j'essuyais avec le revers de la main. Lentement apparut le visage de quelqu'un que j'avais peine à discerner.

Pourtant, mes traits étaient identiques ainsi que mon sourire, enfin le rictus que je fis en me découvrant à nouveau. Ces yeux étaient effrayants me rappelant mes cauchemars d'enfance ou les contes d'Halloween. Quant au changement de couleur de mes cheveux, je m'en accommoderai aisément. Les reflets renvoyés par la lumière étaient, fallait bien l'avouer, magnifiques.

Par chance, j'étais habituée à porter les lunettes que m'avait confectionnées mon oncle et *Immortalis Sangus* afin de ne tuer personne d'un simple regard. Néanmoins, seule devant ce miroir, je ne pouvais pas y échapper.

Il fallait se rendre à l'évidence : je m'effrayai moi-même !

Je soupirai un bon coup et finis de me préparer avant de retrouver Adam, Artur et tous ceux qui se joindraient à nos réflexions. Je sortis de la chambre d'un pas décidé et me dirigeai vers la salle aux bougies.

Je pénétrai dans la pièce où j'y trouvai ma famille, en plus de Seona, accompagnée d'un homme que je ne connaissais pas.

— Hope, nous t'attendions, dit la mère de Kilien en me tendant la main.

— Bonjour.

— Venez tous au centre de la pièce, demanda-t-elle, vous allez vous asseoir ici en cercle à un mètre des uns des autres, ni plus ni moins.

Nous nous installâmes comme elle le souhaitait.

Artur me faisait face, Adam à ma droite, entre eux deux Kilien et l'inconnu à ma gauche. Il se tenait à deux mètres de moi, j'en déduisis que Seona prendrait place à mes côtés.

La plus puissante des Polvusiens entreprit de dessiner autour de nous un cercle parfait avec du sable. Elle marmonna des mots incompréhensibles en Gaélique. Ensuite, sans cesser ses incantations, elle traça des lignes droites ; elles aussi sans le moindre écart de trajectoire, partant des bords du cercle et se croisant en son centre. Une toile avait pris forme. Cette forme géométrique me fit penser à un pentagramme, mais cela n'en était pas un. Nous étions chacun assis dans un triangle face à sa pointe.

Lorsqu'elle eut fini, elle se frotta les mains pour les soulager du sable qui s'était collé sur sa peau. Puis, elle alla derrière l'inconnu et posa les mains sur ses épaules avant de fermer les yeux. Nous l'observions tous en pleine incompréhension, sauf peut-être cet homme.

J'observai le sable qui nous isolait les uns des autres, espérant que cela ne soit pas un piège. Je devins suspicieuse. Je secouai la tête et poussai loin de moi ces idées idiotes. Ils, les sorciers, faisaient partie de cette famille que Lilly m'avait apportée.

Alors, comme si Seona avait entendu mes inquiétudes, elle s'adressa à moi.

– J'ai besoin de Steve pour finir le cercle, dit-elle en venant s'asseoir à la place vacante près de moi.

– D'accord, mais… commençai-je.

– Je vais invoquer le temps passé, car je n'étais pas présente lorsque Seamus est venu déposer la pierre Polvusienne ici.

– Vous le connaissez ?!

– Chuutt… finit-elle doucement.

– OK, je vous fais confiance… je vous fais confiance, chuchotai-je une seconde fois.

Adam posa la main sur mon bras. Je le fixai et, une nouvelle fois, il me parut différent. Pourquoi mon regard sur lui avait-il changé ? S'en rendait-il compte ?

– Nous allons débuter, annonça Seona.

En silence, nous attendions.

Rien ne fut dit à voix haute, pas une seule parole entendue. La mère de Kilien, les yeux clos, appelait le passé à nous montrer ce que nous ne savions pas.

En quelques instants, le sable se mit à scintiller. Des petites étoiles transparentes s'élevaient du sol. Elles se rejoignirent sur la jonction des lignes et formèrent une sorte de bulle. Elle s'agrandissait comme si des mains invisibles poussaient sur les bords pour donner de l'espace à la forme naissante. Les étoiles s'assemblèrent et la bulle devint vivante.

À l'intérieur, nous vîmes une réplique de cette même salle. Un homme était assis sur le trône et un autre lui faisait face. Nous n'avions pas le son de ce qu'il se disait, seules les images nous informaient. Le sorcier assis se leva et se prosterna devant son visiteur. Celui-ci posa la main sur sa tête et l'autre se releva. Ils se tournèrent, nous offrant une meilleure vision de ce qu'il s'y déroulait. Ils parlaient sans que visiblement quelque chose ne se passe, j'en profitais pour jeter un œil à Seona. Elle avait les yeux clos, mais une activité intense animait ses paupières. Je revins à l'image que la bulle nous renvoyait. Les deux hommes, Seamus et le roi sorcier discutaient toujours. Rien ne pouvait nous donner d'indication quant à l'époque où se passait cette scène, juste que cette salle était invariablement la même.

Après leur longue discussion, Seamus donna une boîte en bois, que je reconnus immédiatement, au Polvusien. Il regardait le messager comme n'importe qui aurait pu fixer un Dieu. Puis, il écarta les mains et la boîte lévita. Seamus fit plusieurs pas en arrière, laissant de l'espace au maître des sorciers. L'écrin tourna sur lui-même, suivant les gestes de son commandant, et s'éleva vers le plafond qui s'écarta comme s'il avait attendu ce moment depuis toujours. Il s'y engouffra et fut recouvert de la roche. Ceci fait, ils reprirent leur discussion muette et le messager quitta la pièce.

La vision du passé cessa à cet instant. Les particules étoilées réintégrèrent leur place et Seona rouvrit les yeux.

Un silence étrange nous enveloppa. Il dura plusieurs minutes.

Enfin, Artur ouvrit la bouche :

— Seona, qui était le sorcier ?

— Un ancêtre de feu mon époux.

— Mais d'où provient le nom « Polvus » alors ? demandai-je.

— Polvus est le nom du maître, quel qu'il soit, intervint Kilien pour m'aider à comprendre.

— Depuis quand votre communauté existe-t-elle ? insistai-je.

— Depuis toujours, répondit Seona, mais le Polvus que nous avons vu est très ancien.

— Qu'est-ce qui vous le fait dire ? questionna Adam.

— Ses vêtements…

— Et ? continua-t-il.

— Douzième siècle… je pense. Je dois regarder nos reliques pour être plus précise.

Alors que nous cherchions à connaître la date des scènes visionnées, le sable une nouvelle fois se mit en ébullition et les particules étoilées se rejoignirent au centre du cercle. Nous restions attentifs.

Quelque chose se passait sans que Seona en soit à l'origine. Une force, autre et puissante, se mettait en action.

Stupéfiant ! Devant nous, le messager, à nouveau, se matérialisa.

Son allure était différente. Il se tenait droit, la tête haute. Il n'avait plus les traits du vieil homme qui avait pénétré ma maison, pourtant je le reconnus parfaitement. Il baissa le regard vers moi et croisa les mains sur son ventre.

— Bonjour, Hope.

Sa voix ne résonnait plus si fragile ou rauque. Il avait l'apparence de ce qu'il était de nos jours.

— Bonjour…

— Tu as trouvé le chemin de la pierre. Tu as ouvert la boîte des souvenirs et ton apprentissage a commencé. Je te remercie, dit-il en fermant les yeux un instant.

— De quoi ?

— D'accepter qui tu es, voyons !

— Ai-je eu le choix ?

Il sourit à ma constatation.

— Non, bien sûr que non. Cela te gêne-t-il ?

— Je ne sais pas… répondis-je en baissant le regard.

— Que désires-tu savoir ?

Je relevai la tête vers lui. J'avais des millions de questions ! Cependant, la première qui vint à mon esprit fut à propos de ma dernière évolution physique.

— Suis-je un démon ?

— Non.

— Suis-je un ange ?

— Non plus.

— Dites-moi alors ce que je suis.

— Ni ange ni démon. Tu es la temporisation.

— La temporisation de quoi ?

— Du monde, de ceux qui peuplent la Terre.

— Rien que cela ?!

— C'est déjà beaucoup.

Non, ce n'est pas beaucoup, c'est titanesque !

— Pourquoi mon apparence a-t-elle changé ?

— Cela fait partie de ton évolution.

— Est-ce terminé ?

— Non… répondit-il d'une voix douce.

— Non ?

— Non, affirma-t-il en secouant la tête.

— Que vais-je devenir ?

— Tu es l'Élue. De ce fait, tu dois rester dans l'ombre tout en étant dans la lumière. Pour ce faire, tu dois être discrète, donc si cela peut te rassurer, ton apparence va finir par être celle de quelqu'un de normal…

— Normal… répétai-je comme pour le croire.

— … mais, tes dons seront toujours présents en toi. Ils vont même s'accentuer.

Je restai silencieuse.

— Souviens-toi… La prophétie. Souviens-toi, les images des souvenirs. Souviens-toi le passé ! hurla-t-il cette dernière phrase.

Puis, il tapa le sol du pied.

En une seconde, je me retrouvais ailleurs.

DÒCHAS, L'ÂME ÉTERNELLE

La montagne sur laquelle j'étais assise face au vide était gigantesque. Je me trouvais à des milliers de mètres au-dessus du niveau de la mer. Seule au milieu de nulle part et dans l'inconnu, je scrutais l'horizon. Des centaines de voix venaient à moi. Si mon regard s'arrêtait sur un point au loin, je pouvais pénétrer dans la vie de ceux qui y vivaient.

— Dòchas ?

Je me tournai lentement vers le son de la voix.

— Seamus, répondis-je en souriant.

Il vint prendre place près de moi. À peine fut-il installé que mon angle de vision changea.

Je vis deux personnes face à moi et compris à ce moment-là que j'étais la spectatrice de notre passé. La jeune femme, moi, avait les yeux d'un bleu éclatant et la chevelure rousse flamboyante. J'avais l'impression de me voir telle que j'étais avant que ne débutent les bouleversements de mon corps.

— Il est temps, prévint-il.

— Déjà, je n'ai que si peu acquis, fis-je remarquer, déçue.

— Le moment venu, tu auras l'occasion d'apprendre à nouveau. Rappelle-toi ce que t'ont confié les Sages.

— Oui, mais…

— Allez, donne-la-moi, maintenant.

Mon autre moi fit sortir de sa poche une petite pierre qui lévita jusque dans les mains du messager.

— N'oublie pas, me dit-il alors que d'un geste de la main la pierre fut enfermée dans la boîte de bois.

— Jamais, affirmai-je.

Un éclair rouge jaillit de mes yeux et scella la boîte. Seamus la rangea dans sa poche.

— Quand ? questionnai-je.

— Lorsqu'ils en auront besoin.

— Comment sauras-tu où je suis ?

— Mon futur est entièrement voué à cette tâche. Je te retrouverai.

— Je l'espère…

— Adieu, Dòchas.

— Adieu, Seamus.

Dans un nuage de fumée, la jeune fille disparut de mon champ de vision. Le messager se leva et cria dans le vide :

— Polvus !

La montagne se retrouva vidée de toute forme humaine.

La scène suivante fut la même que celle vécue grâce à la magie de Seona, mais avec le son. Seamus demandait à Polvus de garder la pierre jusqu'au retour de l'Élue. Que sa vie ne pouvait être plus importante que cet objet. Le roi des sorciers accepta la mission pour lui et ses descendants.

Ensuite vint un flot d'images.

Souvent, j'y voyais le messager au-dessus d'un berceau.

Fréquemment, il avait souri, pensant toucher le but de sa vie. Par contre, chaque fois et cela durant des siècles, les enfants élus mourraient au cours de leur dix-septième année, le décevant. Il n'y avait aucun lien de parenté entre eux.

Je vis Seamus laisser des balises aux hommes et autres créatures terrestres. Je le vis assis habillé en mendiant en 1945. Je vécus sa rencontre avec Artur et les écoutèrent discuter.

Il me cherchait.

Il le fit durant tout le temps du sommeil de l'âme éternelle que j'étais. Je commençais à comprendre, mais j'avais encore beaucoup de questions. Comme si Seamus m'entendait, il me propulsa en Irlande dans un petit village où habitait la première famille de suceurs de sang, il y a de cela des centaines d'années. Ils vivaient, riaient, et certains semaient la terreur. Je vécus leur discorde et leur séparation.

Ensuite arrivèrent les colères humaines et les grandes guerres. La force et l'acharnement que mettaient certains à exterminer les autres.

Seamus pleurait de la dépravation des êtres vivants sur cette planète qu'il protégeait. Sa recherche n'en fut qu'accentuée. Durant des décennies, il avait vécu déception sur déception en attendant mon retour.

Puis, vinrent Camille, et ma mère, qui mourut dans sa dix-septième année donnant naissance à un enfant chétif. Durant les deux minutes de suspension dans le temps où ma mère fit passer sa vie en moi, l'alerte fut lancée vers Seamus qui retrouva ma trace.

Cependant, j'étais faible, bien trop faible pour survivre dans cette enveloppe charnelle. Jamais un corps de porteur n'avait donné naissance à un autre porteur. Alors, Seamus sentit la présence d'un buveur de sang non loin, mais pas n'importe lequel. Un Imhumvamp, un de ceux de la lignée des vampires premiers. Un être pur qui, par son sang, me rendrait viable.

Je vécus ce moment unique de la première goutte de sang posée sur ma tétine qui m'offrit un autre souffle de vie et de la main bienveillante de Lilly sur mon torse.

Sur cette vision, je pris conscience que Lilly était autant ma mère que celle qui m'avait portée. Elle ne m'avait pas juste nourrie. Elle m'avait donné cette chance d'être à nouveau là, parmi les vivants dans de meilleures conditions.

Malgré tous ces partages, ces confessions, je ne savais toujours pas ce que l'on attendait de moi. Il me manquait, à l'évidence, des informations. Devant moi, mon passé éclaircissait mon futur, mais j'avais encore des interrogations.

Puis, tout cessa. Seamus se tenait à présent ici, au centre du cercle que nous formions. Il n'était plus un messager, mais mon sauveur. Celui qui, au travers du temps, avait eu la patience de mon retour.

Je ne voyais personne d'autre que lui, mais je ressentais la présence de ma famille non loin.

Seamus me fixait. Au-dessus de nous, la clef de mes souvenirs était suspendue dans l'air. Je fis un geste et la boîte vint à moi. Elle se posa avec délicatesse sur le sol et s'ouvrit. De la pierre émanait une clarté sans pareil.

— Prends-la, m'ordonna-t-il.

Ce que je fis sans discuter.

— Porte-la vers ton cœur, continua-t-il.

Ce que je fis sans broncher.

Machinalement, comme si je l'avais toujours su, à hauteur de mon corps, j'appuyai sur la pierre qui s'enfonça sous mon cœur sans résistance ni douleur. Au moment où ma peau se referma, une onde de chaleur parcourut mes vaisseaux sanguins et le savoir prit la place du questionnement. Mes yeux figés sur mes mains voyaient mon sang circuler au travers de ma peau devenue plus blanche.

Seamus se baissa vers moi et releva mon menton. Nos yeux se croisèrent et je compris qui il était vraiment.

— Bienvenue, mon enfant, dit-il tendrement.

— Merci, père.

Je me levai et me blottis dans ses bras. Une boucle de cheveux tomba devant mon visage. Je souris de leur couleur redevenue normale.

Cela dura, tout au plus, quelques minutes, alors que notre séparation s'étendit sur des siècles. Il se détacha lentement de moi et me sourit. Cela ressemblait à un adieu, je français les sourcils.

— Non…

— Il le faut pour un temps encore.

— Pourquoi ?

— Le bien de l'humanité…

Sur cette nouvelle énigme, le cercle de sable disparut, emportant avec lui celui que je venais à peine de retrouver !

Je demeurai seule dans cette pièce vide de tout. Je me sentais désorientée par ce rien autour de moi. Je perdis un peu l'équilibre et me retournai pour faire face à Seona.

— Viens, chuchota-t-elle.

— Il est parti…

— Il reviendra.

— C'est ce qu'il a dit, oui.

Elle me prit par la taille et m'entraîna dans le couloir.

Je tournai la tête une dernière fois vers tout ce qui n'était plus.

RÉVÉLATIONS

— Passons à table, lança Seona en ouvrant la porte.

Tous les regards se tournèrent vers nous.

— Volontiers, je meurs de faim, répondis-je.

Nous entrions dans une salle monstrueusement grande, où étaient déjà attablés Artur, Kilien et Adam. J'allais prendre place auprès de ce dernier.

— C'est extraordinaire, lui annonçai-je plongeant mon regard dans le sien.

— Tu es si belle… chuchota-t-il en posant la main sur ma joue.

— Adam !

— Excuse-moi, je ne devrais plus te le dire, souligna-t-il en s'écartant de moi.

— Non, commençai-je en agrippant son bras, c'est que…

— Viens avec moi, finit-il en me prenant la main.

À la surprise générale, nous quittâmes la table pour nous rendre dans la salle de bains.

– Regarde par toi-même, lâcha-t-il en me poussant doucement devant le miroir.

– Oh ! m'exclamai-je en découvrant mon reflet.

– Oui, oh !

– Je suis à nouveau normale comme il me l'a annoncé, répondis-je en me retournant vivement vers Adam.

Nous nous trouvions à quelques centimètres à peine l'un de l'autre. Je reculai contre la vasque et posa les mains dessus. Il fit un pas en avant.

– Tu es mon frère, Adam…

– Le crois-tu encore ?

– Comment peux-tu le savoir ? demandai-je en fronçant les sourcils.

– Nous étions avec toi dans la pièce, Dòchas !

– Mais…

– Nous sommes sortis juste avant ton retour.

– Oh…

– Oui… Oh ! répéta-t-il en s'approchant encore un peu plus de moi, nous voulions laisser cette intimité qu'a besoin un père et sa fille après une si longue séparation.

Il posa à nouveau la main sur ma joue.

– Ta peau n'est plus glaciale.

– Tu me l'as déjà dit, mais c'est toi qui évolues, pas moi. Je suis toujours un vampire au sang froid.

– Que penses-tu que je sois ?

– Un être exceptionnel qui a le droit de m'aimer. Ton père nous a jeté dans les bras l'un de l'autre le jour où il a conduit Lilly vers ta couveuse.

– Tu n'étais même pas né.

– Je suis certain qu'il connaît le futur.

— Tu sais… commençai-je, si je suis là c'est que ce futur est en danger.

— Oui, je l'ai compris, mais tu changes de sujet.

Je soupirai, car oui, c'était le cas, ne sachant que faire ou penser.

— Pourquoi as-tu fermé ton esprit au mien ?

— À la demande d'Artur.

— Pourquoi ?

— Ne pas interférer sur tes réflexions et sur ce que tu allais vivre. Je ne te cachais rien, je ne voulais simplement pas te déranger.

— Laisse-moi entrer…

Il ne répondit pas, mais pencha son visage vers moi, m'offrant ses yeux. Je me redressai pour lui faire vraiment face et lus en lui ce que je savais déjà. J'insistai cherchant dans le plus petit recoin de son esprit, la faille. Celle qui, si d'aventure je lui révélai mon amour, ferait bouillonner son cerveau. Puis, je réalisai que rien ne lui arriverait. Alors, je lâchai prise et par la même occasion sa tête. S'il avait dû mourir, il serait mort depuis bien longtemps.

Il comprit et posa son autre main sur mon visage. Il approcha ses lèvres des miennes et déposa un premier baiser léger chargé de tendresse. Mes mains quittèrent la vasque pour empoigner ses hanches. Je l'attirai vers moi, et nous plongions dans un baiser passionné et fusionnel. Ensuite, front contre front, nous fermions les yeux pour savourer ce moment tant désiré.

Au bout de quelques instants, il me chuchota :

— Nous devrions y retourner avant que l'on vienne nous chercher.

— Oui, tu as raison.

Il prit ma main pour rejoindre la salle. Nous nous lâchâmes à contrecœur avant d'entrer et allions nous asseoir comme si de rien n'était. Toutes les personnes présentes étaient capables de lire en nous ou de percevoir ce que nous ressentions, mais nous voulions garder notre faux secret encore un moment pour nous.

Face à moi, Artur me regardait, l'air ravi. Qu'est-ce qui le rendait le plus heureux : en savoir davantage sur moi ou ce qui me liait à Adam ? Il vivait avec nous, il serait aux premières loges de notre amour dévoilé.

— Comment te sens-tu ? questionna-t-il.

La moitié des convives ne mangeaient pas. Un verre de sang était posé devant eux qu'ils buvaient à petites gorgées pour faire durer le plaisir tout le temps de notre repas solide.

— Je vais bien, merci, déclarai-je alors qu'une femme posa une assiette devant moi.

— Qu'est-ce donc ? lui demandai-je.

— Du haggis[2], Mademoiselle.

— Je ne veux pas savoir ce que cela contient, mais en tout cas, cela semble délicieux et sent merveilleusement bon !

— Merci, dit-elle en s'éloignant poser des assiettes devant Seona et Kilien.

— Ce fut beaucoup d'informations d'un coup. Tu tiens le choc ? continua Artur.

J'entamai mon assiette. La saveur du mélange emplit ma bouche et me fit sourire. Je relevai la tête vers mon oncle pour lui répondre.

— Oui, la pierre en moi m'a redonnée des forces.

— En toi ?

— Vous n'avez pas vu cela ?

Je sentis le regard d'Adam sur moi et tournai la tête vers lui.

— Non, nous sommes sortis avant, ne t'en souviens-tu pas ?

[2] *Plat traditionnel écossais consistant une panse de brebis farcie.*

— Non ! Comment savez-vous qu'il est mon père dans ce cas ?

— Nous l'avons compris et Seona nous l'a confirmé.

— Elle était au courant ? m'étonnai-je comme si elle n'était pas près de nous.

— Apparemment, dit Artur.

Je la regardai, elle hocha la tête pour corroborer les paroles de mon oncle.

— Seona, je ne comprends pas.

— Quoi donc ?

— Kilien qui m'ouvre la porte de la boîte, vous qui êtes au fait que le messager est finalement mon père. Pourquoi n'avoir rien dévoilé avant ?

— Nous ne savions pas qui était l'élue avant qu'Artur ne vienne. Il nous a communiqué les signes. Lorsque Seamus s'est présenté pour la première fois ici, il a dit que Dòchas était sa fille. La déduction fut simple…

— Mais pourquoi ne pas m'en avoir parlé ?

— C'est ce qu'il désirait. Loin de moi l'idée de lui désobéir. Tu devais vivre ce que tu viens de vivre !

— D'accord… finis-je par dire pensivement.

— Que veux-tu dire par « en toi » ? nous coupa Adam.

Je passai mon regard de l'un à l'autre, alors que ma main se posa là où la pierre avait repris sa place.

— Ici…

Ils m'observaient tous à présent, suspendant leur repas, quel qu'il soit.

— Arrêtez de me fixer ainsi. Je ne suis pas un monstre. La pierre va me permettre d'être moi-même. Elle va m'apporter des réponses. Cela a toujours été une partie de moi, elle est mon passé ainsi que mon savoir.

— Comment peut-on vivre avec une pierre dans son corps ? interrogea Kilien.

— Comment peut-on mourir et renaître comme je le fais, Kilien ?

— Je ne sais pas. Cela va au-delà de la magie…

— N'est-ce pas un enchantement ? demandai-je en m'adressant à Seona.

— Comme l'a si bien constaté Kilien, cela va au-delà de la magie telle que nous la connaissons ou la pratiquons ici.

— Qu'est-ce que cela veut dire ?

— Les réponses t'arriveront comme tu l'as dit. Sache seulement que nous continuerons de la protéger.

— Pourquoi ?

— C'est le serment de la pierre.

— Mais, vous ne la possédez plus.

— Cela ne coupe en rien le lien qui nous unit à son pouvoir et maintenant à toi…

Je me mis à sourire en posant la main sur mon estomac.

— Elle n'est plus solide à présent. Elle s'est dispersée dans mes cellules. Elle est en train d'alimenter ma mémoire.

Artur ne disait rien, il me donnait l'impression de boire mes mots.

— Je le sais, Hope, ajouta d'un ton très doux Seona.

— Alors comment continuer à protéger ce qui n'est plus ?

— En te protégeant toi, tout simplement.

En plus des vampires qui pouvaient me pister par-delà le monde, maintenant les Polvusiens étaient liés à moi.

— Je ne serai plus jamais libre… finis-je par chuchoter.

— Nous ne sommes pas là pour espionner tes faits et gestes, mais uniquement pour prendre soin de toi, affirma Seona.

— Tout comme les vampires, conclus-je en prenant ma fourchette pour enfin continuer de savourer le mets que l'on avait mis sous mon nez.

La fin du repas se passa assez silencieusement. Chacun digérant les événements, les mots et les conséquences. Personne n'osant me poser plus de questions.

Seona s'excusa et quitta la pièce pour vaquer à ses occupations qu'elle avait laissées en suspens le temps de la transmission de la pierre.

Kilien se rapprocha de nous. Mes deux frères et mon oncle me regardaient comme si je devais leur dire quelque chose. Je les scrutais un par un essayant de déceler ce qu'ils voulaient.

N'y parvenant pas, Artur prit la parole.

— Si nous allions rendre une petite visite à ta sœur, Lou-Brian ?

Je m'attendais à tout sauf à cela, mais sa proposition me réjouissait au plus haut point.

— Avec grand plaisir, répondis-je en me levant.

LOU-BRIAN

Depuis le début de mes évolutions, je n'avais pas revu Lou-Brian. Cette petite sœur, chère à mon cœur, mais dont je ne savais, finalement, pas grand-chose.

Lilly l'avait éloigné de nous, d'elle, pour la protéger des méfaits des humains depuis la mise au grand jour des vampires.

Artur avait bien compris qu'il fallait que je me change les idées par rapport à tout ce que je venais de vivre ces dernières heures. Il trouvait toujours la bonne solution à mes questionnements ou mes craintes.

Cette fois encore, le timing était parfait !

Nous roulions le long de la côte. Sur notre gauche, la Mer du Nord, à droite des habitations éparpillées sur les trente-cinq miles que nous devions parcourir pour atteindre la petite ville de Collieston.

Je regardai l'eau plus vivante que jamais sur cette côte un peu sauvage. Des mouettes survolaient les plages en quête de leur repas. Le soleil faisait des reflets éphémères sur les vagues. À peine nées, elles mourraient déjà.

Je tournai les yeux vers ces jolies maisons au toit de chaume, d'où une fumée sortait de la cheminée, quel que soit le temps. Je l'avais remarqué durant mes voyages passés. Plus nous montions vers le nord, plus le climat était hostile, les conditions de vie difficiles. Cet endroit était parfait pour les vampires qui n'avaient pas à subir les assauts des rayons du soleil trop pénétrants.

Mon regard s'attarda sur une habitation. Malgré la voiture qui continuait d'avancer, j'étais arrivée à ancrer mon esprit dessus, et là, un phénomène se produisit. Je m'en souvins comme si c'était hier et le laissais m'envahir.

« Si tu allais chercher du bois, Steven ? »

« Oui, ma colombe, je ne voudrais pas que tu attrapes froid. »

« Tu es un amour… »

« Je le sais, c'est bien pour ça qu'au pub, les filles t'envient ! »

« Steven ! »

Les paroles arrivaient complètement claires en moi malgré le patois très prononcé de ce coin d'Écosse. Pas besoin de traduction, un langage universel semblait avoir pris place dans ma tête. Je souriais.

Je détachai mon esprit, redonnant un peu d'intimité à ce couple, et laissai mes yeux voyager au loin, sur rien de précis. Alors, les mots, tous les mots affluèrent. Un brouhaha monumental me donna le vertige, je posai la main sur le bras d'Artur qui conduisait.

— Ça va ? demanda-t-il inquiet.

— C'est intense et je ne sais pas comment arrêter ça !

— Que se passe-t-il ? questionna Adam en se rapprochant de moi, une main sur mon siège.

— J'entends tout le monde… l'informai-je en posant les doigts sur les siens.

— Quoi ?

— Les mots arrivent. Leur conversation, leur cri, leur joie… leur vie.

Artur s'arrêta sur le bas-côté de la route. Il se tourna vers moi. Je le fixai et tout cessa.

— Merci… chuchotai-je en fermant les yeux.

— Je n'y suis pour rien.

— Tu dois fermer ton esprit, Hope, au moins le temps de trouver comment gérer cet afflux, suggéra Kilien.

— Oui, tu as raison, répondis-je en respirant un grand coup.

Artur me regardait toujours, l'air soucieux.

— Je connais ce phénomène, ne t'inquiète pas.

— J'ai le droit de le faire. Dis-m'en plus… ajouta-t-il.

— Dans une de mes visions avec Seamus, j'étais assise sur le haut d'une montagne et j'écoutais le monde. C'est un moyen pour moi de déceler les dangers. Je vais devoir m'y réhabituer, c'est tout, finis-je en posant un baiser sur la joue de mon oncle.

Je cloisonnai mon esprit et nous reprîmes la route. Cette fois, seuls mes yeux voyageaient et appréciaient les landes sauvages qui nous entouraient.

Nous arrivâmes à une intersection, à gauche et à droite un chemin plus rocailleux, face à nous les rives du lac Sand, les deux voies menaient au même endroit. Lizzy habitait dans un modeste château sur les bords de ce plan d'eau. Sa vie tout entière était dévouée aux autres. Une grande partie de sa demeure servait de refuges aux plus démunis. Certains vivaient là depuis longtemps pour ne pas dire toujours. Jamais ma tante ne les jetterait dehors sous prétexte qu'ils aient trouvé du travail ou pour toute autre raison.

Après dix minutes de route chaotique, nous arrivâmes chez elle. La sœur de Lilly, ma tante par adoption, s'était occupée de l'éducation de Lou. Elles nous attendaient toutes deux sur le haut du perron. Elles étaient restées intactes à mon souvenir. Lizzy ressemblait beaucoup à Lilly, excepté ses cheveux qu'elle portait court, quant à Lou-Brian, elle était le portrait craché de sa mère biologique en plus sauvage. Une beauté naturelle et simple émanait de la jeune femme qu'elle était devenue. Elle avait trois ans de moins qu'Adam et moi, mais ses traits d'enfant avaient disparu depuis bien longtemps. La rudesse de la vie ici devait y être pour quelque chose.

Nous descendions de la voiture et elles firent quelques pas pour nous rejoindre. Un chien aboya au loin, bien trop loin pour quiconque, à part moi, puisse l'entendre. Mon esprit heureux s'était rouvert au monde sans demander mon approbation. Alors que je marchais vers elles, je refermai les portes, me retrouvant dans un silence pesant, mais éblouie par la vision de ma famille.

Lou-Brian me prit dans ses bras comme si nous nous étions quittées la veille.

— Alors, paraît-il que tu as plein de choses à me raconter, me chuchota-t-elle à l'oreille.

— Si tu es sage !

Elle s'esclaffa et m'embrassa de plus belle. Ensuite vint le tour de ma tante, son regard en disait long sur sa curiosité. Les retrouvailles finies, elles nous invitèrent à entrer dans le château.

La porte s'ouvrit sur une cour remplie de chapiteaux qui abritaient divers points de ravitaillements, nourriture, vêtements. Cela grouillait de monde, tous semblaient se connaître. Un jeune homme se dirigea vers nous d'un pas assuré. C'était une évidence qu'il était de la famille des vampires, sa peau trop blanche, son regard perçant et sa manière de se mouvoir ne pouvait pas berner longtemps ceux qui savaient. Il arriva rapidement vers nous et prit Lou-Brian par la taille. Elle tourna la tête vers lui et lui sourit.

— Je vous présente, Murray.

Il nous salua d'un signe de tête et l'air enchanté valant tous les mots du monde. Lou-Brian nous introduisit à lui les uns après les autres.

Je n'avais jamais vu quelqu'un d'aussi roux naturellement. Ses cheveux raides tombaient sur des épaules carrées. Il était bel homme, avec en prime, le charme que les vampires dégageaient bien malgré eux grâce à leur gène. Cet atout qui en faisait de très bons prédateurs !

Puis, nous fîmes un tour des installations diverses. Lizzy nous expliquait en détail l'évolution de leur action pour secourir les plus démunis. Cela durait depuis des décennies et n'était pas près de s'arrêter. Un nombre considérable d'humains les aidait sans être apeuré le moins du monde par le fait qu'ils soient encadrés par des vampires.

Les vampires ici et ailleurs étaient apparus ouvertement aux autres espèces depuis quelques années déjà. Dans certaines contrées, cela avait été un vrai problème pour les humains, craignant d'être exterminés, mais l'Écosse n'appartenait pas à ces endroits.

Certains pays étaient habitués de par leurs coutumes aux bizarreries du monde. Ici, les sorciers avaient une place de choix, en Islande les elfes faisaient partie de leurs vies, et là ne sont que des exemples parmi tant d'autres.

Les vampires n'avaient été qu'une espèce de plus à être acceptée dans ce monde fédéré par des humains. Sauf qu'ils avaient une réputation bien plus terrible, tout cela à cause de la littérature. Quand on y pense bien, probablement que Bram Stocker avait rencontré un vrai suceur de sang et qu'il ne fit que relater son expérience… réelle. Cela dit, le roman restait ancré au plus profond des esprits, et donc la race vampirique était celle qui avait le plus de mal à se faire une place dans cet univers, même si elle leur était légitime comme à tout être « vivant » !

Lizzy avait organisé une grande tablée dans la salle de réception du château, qui avait gardé des allures médiévales. J'adorai voir ce mélange de culture, d'espèces réunies autour d'un repas offert. L'hospitalité dans toute sa splendeur, ma tante était un exemple à suivre.

Si seulement les incrédules savaient !

À ma droite était assise Lou-Brian, à ma gauche Adam. Face à moi, Kilien, Seona qui nous avait rejoints, et Artur siégeaient près de ma tante. Les discussions allaient bon train, sans que je ne m'attarde sur l'une d'elles en particulier. Mon esprit ouvert au monde me donnait un peu la migraine. Cependant, je me sentais sereine ayant conscience que cette nouvelle faculté allait bientôt reprendre sa place sans me gêner, mais plutôt m'aider.

Lou me pinça gentiment le bras.

— Quel est le sujet qui occupe tes pensées ? se renseigna-t-elle.

— Tellement et aucun précisément…

— Oh ! Tu es devenue mystique.

— Je suis toujours la même.

— On m'a rapporté pourtant que tu avais beaucoup changé.

Lou-Brian m'avait connue physiquement telle que j'étais aujourd'hui.

— C'est exact, lui confirmai-je en lui souriant.

— Dis-moi… demanda-t-elle avec beaucoup de tendresse.

Alors je lui expliquais et lui montrais aussi ce parcours que je venais de faire. Les embuches, ma rencontre exceptionnelle avec celui que j'avais amené ici et qui sans moi, elle n'aurait probablement jamais croisé, Artur. Je lui racontais tout sans rien omettre, excepté ce qui m'unissait à son frère, Adam.

— Tu as été occupée. N'as-tu jamais eu peur ?

— Terriblement, si. Tous ces morts autour de moi, toutes ces évolutions ont été effrayantes. Heureusement, Artur a toujours été là pour m'aider. Sans lui, j'avoue que je ne saurai pas où, aujourd'hui, je pourrai être.

— Seamus t'aurait trouvé, je pense.

Je la fixai un instant. Elle avait tout compris, tout intégré de cette histoire incroyable que je venais de lui conter.

— Tu as certainement raison. Quelle sagesse… !

Pour toute réponse, elle posa un baiser sur ma joue.

Les vampires ici étaient tellement différents !

— J'imagine que tu sais déjà que nous allons avoir un petit frère, annonçai-je.

— Oui, j'espère seulement qu'il sera meilleur que ne le fut notre oncle Alexandre.

— Venant de Lilly, je n'en doute pas instant !

— Tu as raison, lança-t-elle en souriant.

Murray lui prit la main et se pencha vers moi.

— Aimez-vous notre région ?

— C'est magnifique, oui.

— Vous pouvez rester, vous savez.

— Je sais oui. Nous verrons où le vent nous mène, Murray.

— Je comprends, finit-il en s'abreuvant d'une gorgée de sang.

Il ferma les yeux en avalant. Je l'observai et distinguai les globules rouges parcourir son visage en même temps qu'il appréciait son nectar.

D'où venait ce sang que les vampires buvaient ici ?

Alors que cette question traversait mon esprit, je vis son visage sous un autre jour. Mes yeux se posèrent sur celui de ma sœur et tous deux avaient changé.

Je voyais leur vraie nature, belle et effrayante à la fois. Je tournai doucement la tête vers les autres convives, tous étaient différents. L'espace d'un instant, l'horreur avait rempli ma vision. Rien que la mienne, à n'en pas douter !

J'ouvris la bouche pour m'abreuver d'air et sentis la pierre Polvusienne dans toutes mes cellules. Une force m'envahit, je fermai les yeux et les rouvris sur la vision calme et humaine de la pièce.

— *Ça va ?* me questionna Adam directement dans ma tête.

— *Oui, j'ai juste été étourdie un bref moment.*

— *Je l'ai ressenti.*

— *Nous sommes liés à jamais.*

— *Heureusement…*

— *Ne t'inquiète pas, Adam.*

— *Je vais faire au mieux.*

Sous la table, je pris sa main et enlaça mes doigts autour des siens. Sa chaleur vint se mélanger à l'air et mon angoisse s'éloigna. Je me tournai vers lui, il me souriait, comme toujours. Mon frère devenu celui qui peut-être sera mon épaule la plus solide dans cette aventure.

Une envie irrépressible de l'embrasser me prit, je chassai cette idée loin de moi. Ce n'était pas vraiment l'endroit. Il le capta et serra mes doigts encore plus fortement.

Je repris une bouffée d'air remplissant mes poumons qui pourtant ne fonctionnaient pas, mais cela me fit du bien. Parfois, j'essayai de visionner l'intérieur de mon corps. Mes organes morts m'apportant toutefois cette vie. Maintenant, un minéral centenaire y avait pris place. Il s'y était dispersé, je l'avais ressenti, tellement ressenti cette énergie d'une autre vie, d'une existence différente.

La soirée continua ainsi, moi, retranchée dans mes pensées et les autres ouverts à tous. Pour la première fois de ma vie, je ne me sentais pas vraiment à ma place. Je n'étais pas comme eux, même si je les aimais comme ma famille. Alors lorsque Lizzy se leva et prit congé, tout le monde en fit autant et j'en fus heureuse.

Je me retrouvai dans ma chambre, seule face à moi-même. J'étais convaincue qu'à présent mon corps resterait ainsi. Je ressemblais trop à cette jeune femme sur la colline et à ce que j'étais il y a presque deux ans maintenant. Ce qu'il allait falloir que je gère dorénavant, c'était mon mental, l'ouverture de mon esprit, mais aussi tout ce qu'il était capable de faire. J'avais beaucoup réfléchi durant le repas et avais pris la décision de continuer ma vie telle qu'elle était. Je cessais à compter de cet instant de vouloir savoir et laisser venir les choses à moi. Moins de tracas en découlerait, ce qui me permettrait d'accéder à cette mission encore inconnue pour moi en toute liberté et sérénité.

Je devenais sage !

Je crois que j'ai compris mon but sans connaître, finalement, ce que je suis vraiment. Un ange ou un démon…

PETITE NOÉ

Je n'arrivais pas à dormir.

Il était deux heures du matin, lorsque je me faufilai en dehors de l'enceinte du château ensommeillé. Le clair de lune était magnifique en cette douce nuit. Le calme qui régnait me faisait le plus grand bien. Il était rare que je puisse me retrouver vraiment seule. Puis pendant que les hommes dormaient, je pouvais libérer totalement mon esprit, car jusqu'à preuve du contraire, je ne m'introduisais pas dans leur songe, un petit répit pour moi, un peu d'intimité pour eux.

L'astre reflétait sur l'eau figée, il n'y avait nul vent, nul bruit excepté celui infime des animaux nocturnes. Mes pas légers étaient eux aussi silencieux. Je laissai mes doigts effleurer les hautes herbes nonchalamment.

Puis lentement, autre chose vint en moi, qui me mit immédiatement mal à l'aise. J'ouvris ma tête encore plus sur le monde et m'immobilisai à l'affut.

« Laissez-moi partir, s'il vous plaît »

« Pas encore… »

« Pitié, vous me faites mal »

Je fermai les yeux et mon corps se mit à léviter. J'ouvris à nouveau mon regard, ma vision de nuit était aussi bonne qu'en plein jour, voire meilleure. Au loin, je vis deux formes humaines, rouges, entrelacées. Sans le moindre effort, je fondis sur la source de chaleur. En moins d'une minute, je me trouvai au-dessus d'eux. J'attrapai l'homme par les cheveux et lui arrachai la tête dans un excès de rage. Ce qu'il faisait, c'était ignoble. Avant que son corps ne retombe sur la jeune victime, je l'agrippai et le lançai directement rejoindre la première partie dans le lac. Là serait son tombeau !

Ma force et mon acte me surprirent, mais je mettais mes états d'âme de côté pour reporter mon attention sur l'enfant. Alors, je posai lentement mes pieds sur le sol et m'accroupis à côté de la fille bien trop jeune pour être ici. Elle me fixait, bouche bée.

— N'aie pas peur, lui chuchotai-je.

Elle s'assit sans me quitter des yeux et rabaissa sa robe sur ses genoux cagneux et souillés.

— Comment t'appelles-tu ?

— Noé...

— C'est joli... puis-je poser mes mains sur ton visage ?

— Pourquoi ? s'enquit-elle en crispant ses petits doigts sur ses jambes.

— Pour te faire oublier.

Je ne savais pas vraiment pourquoi je lui disais cela. Avais-je la capacité comme les vampires de lui effacer la mémoire ?

— Qui êtes-vous ? questionna-t-elle au lieu de répondre à la question.

La demande était légitime.

— Une âme éternelle venue sur Terre pour aider les gens comme toi, lançai-je en me surprenant moi-même de le faire avec une telle aisance.

— Vous ne pourrez pas sauver tout le monde… murmura-t-elle à raison.

— Je ferai de mon mieux. Puis-je mettre mes mains maintenant ?

— Oui, madame.

Elle pencha la tête en avant, m'offrant la possibilité, en quelque sorte, de la guérir. Je posai doucement les mains de chaque côté de son visage et lui souris. Lorsque nos yeux se rencontrèrent, toute sa jeune vie explosa dans mon crâne, emportant ses malheurs bien trop présents pour une si courte existence. Cela ne dura que quelques instants, puis elle perdit connaissance et s'affaissa sur mes genoux.

Je me relevais et la pris dans mes bras. Je marchai en direction du château en écoutant son cœur battre paisiblement. L'avais-je apaisé de tous ses maux ? Si là était ma mission, elle avait raison, il me serait impossible de m'occuper de toutes les peines du monde. Cependant, je me disais qu'au moins elle l'était, et c'était un bon début, même si ce n'était qu'un acte isolé sans conséquence sur la vie, excepté la sienne.

Les portes du château s'ouvrirent devant nous, en toute simplicité. Je montais les marches et rejoignis ma chambre où j'allongeai sur le lit le corps de l'enfant. Elle vivait et s'était assoupie. Là était sa place.

Je refermai la porte de la chambre et me dirigeai vers celle d'Adam. Il ne dormait pas, il ne le faisait jamais. Il regardait par la fenêtre. Il se retourna à mon arrivée. Ses crocs étaient sortis, son visage tuméfié de colère contenue. Je m'approchai de lui et posa la main sur son visage, il ferma les yeux.

— Ton âme est si bonne…

— Je n'ai pas changé, mentionnai-je pour la seconde fois de la journée.

— Un peu quand même…

— Cela te déplait-il ?

— Non, tu es plus proche de moi à présent. Je ne peux qu'en être ravi.

— C'est vrai.

— Je te sens plus calme, malgré ce qu'il vient de se passer.

— Je n'ai fait que rendre justice.

— Je suis d'accord avec toi.

— Tu as vu ?

— J'ai vu, j'ai ressenti… Cela m'a mis en colère.

— Oui, mais tu es très beau sous ton vrai jour.

Il prit mon visage et m'embrassa. Je sentis ses dents dans ma bouche, Dieu que c'était sexy ! Notre baiser s'éternisa sous les rayons de la lune qui pénétraient dans la chambre. Puis, il s'empara de ma main et nous nous allongeâmes l'un près de l'autre sur le lit. Il caressa tendrement mes cheveux et je m'endormis la tête sur son torse.

LE DÉPART

Je me réveillai et constatai que j'étais seule. Je me douchai rapidement et en peignoir réintégrai ma chambre. Noé dormait toujours, d'un sommeil confiant. Je m'habillai et rejoignis mes frères et Artur dans la cour. Il était dix heures passées. Je n'avais fait aucun rêve, j'avais juste dormi. Je me sentais reposée comme il y avait bien longtemps que cela ne m'était pas arrivé.

J'arrivai derrière Kilien qui se retourna et m'enlaça. Je relevais la tête vers lui et lui souris.

— Depuis combien de temps tu n'avais pas fait une telle grasse matinée ? s'enquit-il.

— Des mois, lui répondis-je en me dirigeant vers Artur.

— Bonjour, mon oncle.

Il m'embrassa sur le front. Puis, même s'il ne m'attendait pas pour me faire mon café, je fis quelques pas vers Adam. Il fit de même et nous nous jetions presque dans les bras l'un de l'autre. Puis, je réagis que tous nous regardaient, et fis taire mon entrain.

Je me retournai en souriant.

— Où sont-ils tous passés ? voulus-je savoir, car la cour était presque vide.

— En ville, c'est jour de marché, m'informa Kilien.

— D'accord… J'ai ramené quelqu'un cette nuit, annonçai-je.

— Nous savons, confessa Artur en jetant un regard vers Adam.

— Ah, parfait. Crois-tu qu'elle pourra rester ici avec Lizzy ? demandai-je sans me formaliser qu'Adam puisse en avoir parlé.

— Si l'enfant le veut, oui.

— Où pourrait-elle aller ? questionnai-je.

— Dans sa famille.

— Non ! J'ai vu le mal en absorbant ses tourments. Elle doit demeurer ici ou partir avec nous.

— Noé séjournera dans le château, lança une voix qui s'approchait derrière moi.

Je me retournais, Lizzy me faisait face.

— Très bien, lui répondis-je en l'embrassant.

J'en fis autant avec Lou-Brian et Murray qui suivaient ma tante de près. Ce point réglé, nous discutâmes encore quelques instants puis décidâmes que l'heure était venue de reprendre la route. Je promettais à Lou-Brian de revenir bientôt, notre entrevue n'avait pas assez duré, nous nous étions échangés des détails. Il restait tant à dire.

Nous fîmes un arrêt devant la maison de Seona, les adieux furent aussi brefs qu'au château. C'était le moment de partir, car notre avion s'envolait dans quatre heures. Le temps de rejoindre Aberdeen, nous n'avions pas une minute à perdre.

Le voyage de retour se passa bien. Je fermai mon esprit dans l'avion, trop de tourment envahissait les gens qui prenaient ce moyen de transport. Même s'il était le plus sur du monde, il n'en restait pas moins aussi, le plus effrayant.

Quelques heures plus tard, nous étions chez nous à Paris. Mes frères et Artur s'étaient installés dans le salon, quant à moi, je désirai prendre une douche rapide avant de les rejoindre.

Fraîche, je m'assis en tailleur dans un fauteuil, dos à la fenêtre.

— De quoi avez-vous discuté ? m'enquis-je.

— Nous voulions savoir quelle décision tu as prise, demanda Kilien.

— Sur quel sujet ?

— La suite des événements…

— J'y ai bien réfléchi, et je vais continuer ma vie comme avant. Je verrai bien ce qu'il va se passer. Je ne vais pas courir après les malheurs des autres. Peut-être que Seamus va nous envoyer des signes. Je n'en ai aucune idée, mais fini les tracas et les questions.

Tous approuvèrent !

LES SAGES

Sur le toit du monde vivaient trois sages. Ils avaient été minutieusement choisis par les deux grands Souverains afin de garder l'harmonie sur Terre. C'était un immense honneur, mais aussi une œuvre titanesque que de mener à bien leur mission.

Seamus avait accompli une partie de la sienne avec brio et patience. Maintenant, sa fille d'âme était revenue parmi les humains. Un long chemin s'ouvrait devant elle. Il devrait la guider pour ne pas laisser gagner le côté sombre de la prophétie de Dòchas, l'une des âmes éternelles.

« *Elle est là, différente et forte. Il faut continuer à l'aider à se connaître elle-même. La puissance de ses capacités pourrait amener le chaos sur Terre. Elle va engendrer la jalousie et la convoitise, tant chez les humains que chez les autres espèces.*

Utilisée à mauvais escient, elle ne sera que sang et mort.

Captée et domptée, elle sera bien plus puissante dans la lumière et la positivité. Ne pas succomber à la facilité, aidez-la pour qu'il en soit ainsi. »

Seamus avait, au fil des siècles, fait bien des sacrifices, le premier avait été de se défaire de son disciple. Celui que les Souverains lui avaient confié, mais c'était dans l'ordre des choses.

Dès le premier regard sur l'enfant, il avait su quelle serait sa destinée. Il s'y était attaché comme si elle avait été sa fille. Il l'avait élevée tel son propre sang. Le jour de leur séparation avait été rude, mais il ne lui avait rien montré, afin qu'elle conserve cette énergie intérieure qui la caractérisait tant.

Dòchas était un être fort, bien plus qu'il ne l'était. Ses sauts de corps en corps avaient encore plus renforcé sa force. Pour le moment, elle ne se doutait pas de ses pouvoirs aussi dangereux que puissants.

Puis, il y avait eu les autres sacrifices, irréversibles, impitoyables qu'il devrait garder au fond de son âme toute son existence. Il savait que c'était pour le bien de l'humanité tout entière. Il n'en était pas très fier, mais ils avaient été utiles à la résurrection de Dòchas et donc à la protection de la race humaine.

La venue de Lilith chez les Polvusiens pour venger les siens avait été un geste périlleux pour la prophétie. Les conséquences auraient pu être dramatiques. Lilith avait épargné l'enfant et Lilly l'avait sauvé. Cet acte de bravoure contre sa mère, contre la raison avait mené à la fin de Darren. Un moment douloureux dans le cœur de Seamus, mais Kilien devait recevoir le sang de Lilly, c'était écrit qu'il en serait ainsi, car sa destinée s'avérait d'être le protecteur de Hope au sein de la communauté des sorciers. Donc Darren devait mourir pour que le cours des choses amène Lilly à nourrir Kilien.

« Une vie pour la vie », le pacte signé entre Lilith et les Polvusiens bien des siècles auparavant avait plus d'un sens. Seamus avait orienté les mains des êtres pour parvenir à ses fins. Là faisait aussi partie de sa tâche, même s'il en souffrait.

Un jour, Dòchas le saurait. Elle comprendrait bien entendu, mais Lilly le fera-t-elle ? Seamus avait pris des risques pour mener à bien sa mission. Il avait retourné le problème en tous sens, pour arriver toujours à la même conclusion : sans le décès de Darren, il aurait été beaucoup plus compliqué de faire venir Dòchas au sein de cette famille.

Et c'est là qu'était sa place. Au cœur de cette lignée de vampires originelle et puissante.

Quelques mois plus tard

LE DIXIÈME IMHUMVAMP

Une certaine routine s'était installée dans nos vies. Aucune autre évolution n'était venue interrompre le cours de mon existence, malgré ce que Seamus avait dit. Je me satisfaisais de cet état de fait, sachant que cela ne durerait pas.

Je continuai à travailler au château de Nerfel, m'occupant de l'intendance, des factures et cela me donnaient du temps pour apprendre. J'avais pris la décision de consulter tout ce qu'il m'était possible de lire sur les différentes races qui peuplaient la Terre. Ici, j'avais la partie vampirique. J'étais au cœur de leurs secrets les plus profonds. Dans les lignes des multiples ouvrages que j'engloutissais, je découvrais des éléments qui peut-être un jour me seraient utiles.

L'après-midi je me rendais là où je travaillais avant, non pas par nostalgie ou tristesse à cause d'Ivan, mais je savais que des livres très anciens m'apporteraient aussi des informations, cette fois sur l'espèce majoritaire sur cette terre.

J'avais un temps considérable à rattraper. Mes voyages au court des siècles pour arriver jusqu'à ce jour avaient occulté des tas d'événements qu'il était important d'étudier.

Je me mettais à jour moi-même à propos de l'humanité.

La troisième race qui peuplait cet astre était les sorciers. Ils étaient en quelque sorte, comme des hybrides pour moi, des humains, mais dotés de dons et de pouvoirs, mais bien différents de ceux des vampires.

Les trois races m'intéressaient de la même manière. Ma curiosité était telle que j'avais peine à la rassasier.

Parfois, je me questionnai sur ce que moi, j'étais. De quelle race j'étais issue et à quel monde j'appartenais réellement. Peut-être que la réponse viendrait dans les livres ou ma mémoire.

Je faisais de nouveau des rêves, mais leur teneur avait changé. Je notai chaque matin sur un calepin qu'Adam m'avait offert, les moindres détails de mes songes. À ce jour, le seul point commun était le paysage dans lequel j'évoluai : une grande plage de sable jaune pâle, une mer verte où les vagues mourraient sur mes pieds sans les mouiller. Lorsque je perdais mon regard au loin, j'y voyais des montagnes plus hautes que toutes celles qui existaient. J'avais vérifié sur un atlas. Cela n'avait pas de sens, pas encore. Un jour, je saurai où est cet endroit.

Je quittai mes pensées pour me rendre à la cuisine. Hector s'y activait comme chaque matin. Il ne me laissait jamais quitter le château sans avoir mangé.

— Un café ?

— Volontiers, merci.

Il s'affairait à me le faire avec tout son cœur et cela se ressentait dans le goût. Doux et onctueux, corsé et savamment sucré. Une pure merveille ! Je l'adorai.

— Ne devrait-elle pas avoir accouché ? demandai-je.

— Cela ne devrait plus tarder, vous avez raison. Êtes-vous impatiente ? s'enquit-il en me tendant la tasse fumante.

— Merci, un peu je l'avoue.

— Nous le saurons bien assez tôt, dit-il en souriant.

— C'est vrai... Comment garder un secret dans cette maison ?

— Je ne parlais pas de secret, mais de pleurs…

— De pleurs ?

— Oui, ceux qui caractérisent si bien les enfants affamés.

— Oh !

Il quitta la pièce, un rictus aux lèvres, sans un mot de plus. Hector ne semblait pas aussi empressé que je l'étais.

Je réfléchissais le nez au-dessus de la tasse. Adam surgit dans mes pensées. Nous avions décidé que pour l'instant notre amour serait platonique, malgré une attirance physique indéniable. Nous voulions attendre que les choses évoluent encore un peu, ou bien qu'une routine plus profonde s'installe. Cela nous donnerait le feu vert pour assouvir notre envie et laisser s'épanouir notre amour. Ce sentiment était virulent, rempli de passion, mais l'éternité était là pour chacun de nous, alors nous pouvions bien patienter. Cela ne nous empêchait pas de passer de merveilleux moments ensemble, enlacé pendant des heures à établir et cimenter le lien qui nous unissait à jamais.

Tout le monde l'avait compris, mais personne n'en parlait, nous octroyant pour une fois, une relative intimité et un semblant de secret.

Je soupirai en portant la tasse à mes lèvres.

Il était dix heures et dehors le soleil avait pris tout l'espace. L'hiver s'installait, l'automne avait été très doux.

Après m'être levée, je reposais la tasse dans l'évier et je décidai de retourner travailler un peu. Quelques minutes plus tard, j'étais à nouveau assise devant le bureau. Le château avait besoin de bois pour affronter la saison. Je pris le combiné du téléphone et passai une commande de plusieurs stères. Un enfant arrivait et, quelle que fût sa race, il aurait envie de chaleur.

Depuis qu'Adam et moi habitions à Paris, cet endroit avait perdu un peu de vie. Un nouvel être amènerait cette joie dans la vie de Lilly et dans le château qui me semblait devenu un peu austère.

Je vaquai à mes occupations, lorsque vers midi, une voix s'interposa dans les lignes de comptes, me sortant de ma tâche.

— *Hope, nous avons un petit frère !*

— *Oh, j'ai raté ça !*

— *Nous sommes à la grille.*

— *J'arrive !*

Il n'était pas nécessaire d'en dire plus. Je me lançai dans les escaliers et rejoignis la porte au moment où Érik laissait entrer Lilly, tenant dans ses bras un être tout petit. Elle souleva la tête vers moi et me fit signe d'approcher.

— Qu'il est beau... dis-je en lui passant délicatement la main sur le visage.

— Merci, Hope. Je te présente Aran, m'informa-t-elle.

Je posai un baiser sur le petit front de mon frère, puis un autre sur la joue de ma mère. Elle me souriait, mais avait l'air tellement épuisée.

— Tu devrais te reposer un peu.

— Oui, je vais le faire. Veux-tu le prendre un instant le temps qu'Amélie arrive ?

— Bien sûr, répondis-je heureuse de cette confiance.

Avec tendresse, elle le déposa dans l'écrin que j'avais formé avec mes bras. Je relevai les yeux vers elle une nouvelle fois.

— Va t'allonger, je vais aller au salon en l'attendant.

— Très bien.

Érik la prit par le bras et ils s'engagèrent dans l'escalier. Son état allait s'améliorer rapidement. Elle allait se nourrir de son Orkani, et bientôt elle serait à nouveau en pleine forme.

Je m'installai tranquillement dans un des fauteuils du salon. Adam vint me rejoindre, il prit place sur l'accoudoir et caressa la tête d'Aran.

— C'est beau comme prénom, annonçai-je en regardant Adam.

— Sais-tu ce que cela représente ?

— Oui, j'ai lu beaucoup sur l'Irlande. M'y emmèneras-tu un jour ?

— Avec plaisir, ajouta-t-il, puis il posa un baiser sur mes lèvres.

Je savourai cet instant de paix.

— Tu t'en rends compte, c'est notre petit frère, dit-il.

— Oui. Je suis tellement heureuse. Quand saurons-nous s'il est humain ?

— Dans quelques semaines, je crois.

Amélie entra dans la pièce, suivie d'Hector.

— Il suffisait d'en parler pour que cela arrive, me lança le majordome de Lilly.

— Carrément !

Amélie se pencha vers moi et l'enfant. Elle posa ses doigts sur son visage et le parcourut en souriant.

— Il sera aussi beau que toi, Adam, annonça-t-elle le plus sérieusement du monde.

— Je ne sais pas si c'est possible, mais laissons-le lui croire encore un peu, rétorqua-t-il avec le même ton grave, mais rempli de malice.

— Je vais le prendre. Il a besoin d'une toilette, annonça-t-elle en tendant les bras avant de rajouter, où est-ce arrivé ?

— Dans la voiture à quelques centaines de mètres d'ici. Elle avait senti qu'il venait, mais elle a tardé à nous avertir, donc…

À cet instant, Martin entra dans la pièce en trombe et se dirigea droit vers nous.

— Je dois l'ausculter… Montons dans la chambre, Amélie.

— Très bien.

Puis, ils sortirent sans un mot de plus. Nous nous retrouvions un peu idiots. Tout s'était passé si vite.

Nous nous relevions au même moment avec Adam. Hector nous regarda en soupirant.

— Désirez-vous quelque chose ? demanda-t-il, les bras croisés dans le dos.

— Comme quoi ? s'enquit Adam en me fixant.

— Rien, laissez tomber !

C'était la première fois que je voyais Hector dans cet état et parler ainsi. Cette naissance le touchait au plus haut point. Sans que je devine vraiment pourquoi, d'ailleurs. Il quitta la pièce, silencieux.

— Il est bizarre, je trouve, annonçai-je.

— Je suis d'accord.

— Ce matin aussi. Cette naissance ne semble pas lui faire plaisir.

— Il n'a pas le choix, mais n'oublie pas que cela n'a peut-être rien à voir avec son humeur.

— Qu'est-ce qui pourrait l'affecter à ce point ? insistai-je.

— Je ne sais pas, confia-t-il en faisant un pas vers moi.

— Nous ?

— Pour quelles raisons ?

— Si tu allais lui parler…

— Plus tard, pour le moment je savoure ce que j'ai sous les yeux, argua-t-il en me fixant.

Il me prit dans ses bras et m'embrassa. Je répondis à son baiser, oubliant ce qui nous entourait. À un tel point que nous n'entendîmes pas notre mère entrer dans la pièce.

— Hum… hum.

Je me détachai d'Adam et sentis mes joues rougir comme jamais.

— Mère ? Ne deviez-vous pas vous reposer ?

Adam fit un pas en arrière.

— Je suis une Imhumvamp et donc je n'ai qu'à me nourrir d'Érik et prendre une douche. Ce que nous avons fait dans le même temps. Vous êtes assez grands à présent pour le comprendre.

— En effet, dit Adam.

La situation n'était pas des plus confortables. Tout le monde connaissait nos sentiments, mais nous évitions de le montrer plus que nécessaire devant notre famille.

Lilly prit place dans le fauteuil où j'étais assise avec Aran et nous invita à en faire autant en nous désignant les places que nous devions prendre d'un signe de la main. Le silence pesant ne dura guère plus de quelques minutes. Adam le cassa pour discuter de l'attitude d'Hector, au lieu de parler du bébé.

— As-tu remarqué le comportement d'Hector ?

— Je note tous les comportements, Adam.

— Mère… soupira-t-il.

— Nous en parlerons plus tard, dit-elle d'un ton sec avant de répondre à la question, oui, Hector est très étrange en ce moment.

— Y a-t-il une raison à cela ? demandai-je.

— Pas que je sache. Il ferme son esprit à nous et Amélie n'en sait pas plus.

— Qu'est-ce qui pourrait le tourmenter ? demanda Adam à son tour au moment où Érik pénétrait dans la pièce.

Il se positionna derrière Lilly et posa les mains sur le dosseret en cuir de l'assise. Il se tenait très droit, très sérieux. Une naissance avait eu lieu, événement apportant d'ordinaire de la joie dans une maison, mais tout le monde semblait se focaliser sur l'attitude d'Hector.

— Je n'en ai pas la moindre idée. Il ne se confie pas tellement à moi, ajouta Lilly.

— Même après toutes ses années ? continua Adam.

— C'est envers Darren qu'Hector était redevable, pas envers moi.

— Pourquoi reste-t-il ici dans ce cas ?

— Où veux-tu qu'il aille, Adam ?

— Je ne sais pas.

— Il est peut-être juste malheureux, lançai-je.

— Il aime Amélie de tout son cœur. De cela, je n'ai aucun doute.

Martin entra à son tour dans la pièce et, sans se préoccuper de notre conversation, se mit à parler.

— Aran va très bien. C'est un beau bébé de cinquante-cinq centimètres pour quatre kilos deux, annonça-t-il.

Lilly tourna la tête vers lui.

— Tu sembles pourtant soucieux, lui lança-t-elle en se levant.

Il la fixa un instant avant de continuer.

— C'est un Imhumvamp !

— N'est-ce pas un peu trop tôt pour en être certain ? s'étonna-t-elle.

— Il a la marque.

— Veux-tu dire qu'il est né avec ?

— C'est exact, affirma-t-il.

— Qu'est-ce que cela veut dire ? demanda Lilly.

Je ne comprenais pas en quoi c'était important ou grave.

— Qu'il est précoce, répondit Martin avant de rajouter, au moins nous savons.

— C'est tout ?

— Je ne peux t'en dire plus, je vais questionner ta mère. Excepté le signe, il est en parfaite santé et c'est l'essentiel.

— C'est vrai, répondit Lilly en souriant.

— Je dois retourner à la clinique, conclut-il.

Il tourna les talons et repartit très vite. De toutes évidences quelque chose lui posait problème. Ce même quelque chose se reflétait sur le visage de notre mère qui avait repris place dans le fauteuil.

— Hector, donc.

— N'est-il pas plus important de se renseigner pour Aran ? proposai-je, constatant qu'elle était soucieuse.

— Martin va s'en occuper. L'enfant se porte bien donc je ne dois pas m'en soucier plus que cela. La bonne nouvelle est que nous soyons déjà au courant de ce qu'il est…

— Pourtant… continuai-je.

— Stop, Hope. Concentrons-nous sur Hector.

J'avais rarement vu ma mère inquiète. Cela occultait sa joie d'avoir enfanté. C'en était presque une bonne chose que nous ayons un autre sujet de conversation.

Ce jour plein de grâce se voyait entaché d'une marque et de l'un des nôtres en proie à quelque chose que nous n'arrivions pas à savoir.

— Érik, s'il te plaît, va rencontrer Hector et tire lui les vers du nez. Je vais aller dans ma chambre, j'ai besoin de repos avec mon fils près de moi.

— Très bien, obéit-il en lui posant un baiser sur la tête, avant de quitter la pièce.

— Quant à vous deux, retournez à vos occupations. Demain est un autre jour, avec lui arriveront les réponses à nos questionnements.

Elle se leva avec peine. Son corps lui rappelait ce qu'il venait d'endurer. Elle nous embrassa avec tendresse et sortit.

— Que ce moment fut étrange !

— Je vais rester ici, avec toi, Hope.

— Pourquoi ?

— Parce que j'ai un mauvais pressentiment et je préfère être près de toi, si quelque chose arrive.

— Que veux-tu qu'il se passe ?

— Je ne sais pas… c'est bien là, le problème.

— J'ai une idée, dis-je alors.

— Laquelle ?

— On va regarder dans les livres une réponse à propos de la marque.

— Oui, tu as raison, agissons aussi de notre côté. Comme l'a si bien dit notre mère, nous ne sommes plus des enfants. Rendons-nous utiles !

— Parfait !

Nous montions dans la bibliothèque et commençâmes nos recherches.

Deux heures après le début de nos investigations, une explosion retentit secouant les fondations du château.

HECTOR

Nous courions en tous sens. Aran pleurait. Lilly hurlait dans ma tête.

— *Que s'est-il passé ?*

— *Je ne sais pas, comment allez-vous ?*

— *Bien, je crois que cela venait de dehors.*

Je me tournai vers Adam, mais il avait disparu. Je me précipitais dans l'escalier pour atteindre la porte d'entrée et je le vis sur le pas de la porte, immobile. Je le rejoignis et remarquai les flammes.

La maison d'Amélie et Hector brûlait. La serre avait volé en éclats. Il ne restait plus rien. Lilly arriva derrière nous, le bébé dans les bras, suivis d'Érik. Nous étions là, impuissants, à regarder le feu se délecter de la maison et de tout ce qui lui était proche.

— Que s'est-il passé ? questionna ma mère une fois de plus.

— La maison a explosé… affirma Érik.

— Où est Amélie ? demanda Adam.

— Je ne sais pas, répondit Lilly.

— Je vais aller jeter un œil, dis-je.

— Non ! intervint Adam en m'agrippant le bras.

— Je ne crains pas le feu. Laissez-moi y aller.

D'un pas décidé, mais retenu, je me dirigeai vers l'onde de chaleur. Je n'avais aucune idée si le feu pouvait me tuer, mais il m'avait fallu être plus décisive qu'eux. Nous devions savoir.

Plus je m'approchai, plus la chaleur et la fumée m'incommodaient. Je stoppai et fermai les yeux essayant de me calmer. Une pensée rafraîchissante vint à mon esprit : la plage de sable jaune pâle, et l'eau léchant mes pieds sans jamais les mouiller. Je rouvrais les yeux et fis face aux flammes. La sensation de chaud ne m'atteignait plus, alors je repris la route.

Je me trouvais face à l'entrée, la porte avait disparu. Le bruit du bois qui craquait était impressionnant. J'ouvris mon esprit, si un murmure subsistait ainsi je l'entendrais, mais un silence pesant prit place dans ma tête. Il était trop tard, plus rien ni personne ne serait sauvé. Je devais néanmoins y pénétrer, nous devions connaître combien de corps avaient rendu l'âme.

— N'y va pas ! hurla Adam

— *Je le dois. Nous devons savoir. Fais-moi confiance.*

— *Sois prudente…*

— *Comme toujours.*

Que pouvais-je lui dire d'autre ?

Je passais le pas de la porte. Les flammes étaient hautes, elles ravageaient tout. Que s'était-il passé ? Il n'y avait même pas le gaz dans cette maison ? Comment une explosion avait-elle pu avoir lieu ? Pourquoi le feu s'était-il propagé si rapidement ?

Une seule réponse me vint : un acte intentionnel était à l'origine de ce désastre.

Je marchai, sentant le feu sur ma peau. Je m'observai, je ne brûlais pas ni moi ni mes vêtements. Une poutre tomba sur ma droite, attirant mon attention, alors je vis les deux corps reposant côte à côte. Je m'en approchai doucement, je devais faire attention, car la structure de la maison ne tiendrait plus très longtemps.

Arrivée au pied du lit, les deux cadavres de cendres se tenaient la main. L'acte avait été intentionnel, ils s'étaient suicidés !

Pourquoi un geste si décisif et irréversible ?

Au loin, j'entendis la sirène des pompiers. L'explosion avait dû se ressentir bien au-delà de la propriété. Je devais sortir avant qu'ils ne soient là. Alors, je fis demi-tour, regardant autour de moi, une dernière fois, si quelque chose pouvait être sauvé, mais je ne vis rien à part les flammes jaunes et bleues, ainsi que de la cendre fumante.

Je ressortis de la maison, aucune suie ne s'était posée sur ma peau. L'eau m'avait protégée. Le liquide de mes songes avait agi ici dans la réalité de cette désolation.

Je me sentais tellement triste de ce qu'il venait de se passer.

Je reculai de quelques pas de plus, la maison lentement s'écroulait sous nos yeux. Je me tournai vers le reste de ma famille. Lilly semblait encore plus décomposée que les autres. Elle tenait en main une lettre. Je repartais vers eux, alors que les pompiers arrivaient. Ils ne le savaient pas, mais plus rien n'était à sauver au sein de cette demeure.

Ils déployèrent leurs lances et s'activèrent sur le feu. D'autres s'attaquèrent à la serre. Érik discutait avec le chef de l'escouade.

— Qu'est-ce que c'est ? demandai-je à ma mère.

Elle ne répondit pas, mais me tendit le papier. Adam s'approcha de moi, et nous le lûmes ensemble.

Miss Lilly,

Pardonnez-moi mes actes. Pardonnez ma trahison. Les années ont passé et je n'ai su l'occulter. Je suis hanté, poursuivi par le mal que j'ai fait. Darren est mort, cela non plus, je ne peux l'oublier. Mon tourment est bien trop grand. Je me confie à vous, car vous devez savoir. Je suis libre à présent, enfin…

Je suis la personne qui a libéré Alexandre par qui tant de malheurs sont arrivés. Je ne savais pas qu'il agirait ainsi contre la famille. Je ne savais pas qu'il s'en prendrait à Hope, le rayon de soleil de ma misérable vie.

Pourquoi, vous demandez-vous ? Je n'ai pas la réponse profonde, mais je peux essayer d'expliquer. À vous et à moi…

Tout a commencé, il y a des siècles. Lorsque j'ai rencontré Alexandre pour la première fois. J'étais un jeune vampire, incompris des miens. Il m'a aidé, élevé. Je lui étais reconnaissant, redevable de cette nouvelle vie qu'il m'offrait.

Puis, nous nous sommes perdus de vue. J'ai fait la connaissance de Darren. Il m'a introduit à sa famille et ma vie s'annonçait tellement belle. Puis, Alexandre est réapparu, à cause de votre venue.

Il m'a rappelé ce que je lui devais et m'a dit qu'un jour, il faudrait que je lui rende la pareille. Je lui étais redevable.

Je n'ai jamais parlé de ce pacte à quiconque, même pas à Darren. Une erreur, il m'aurait libéré. Au lieu de cela, je me suis engouffré dans la forêt, attiré par l'appel d'Alexandre. Il s'est nourri de moi après son réveil. Nous étions, dès lors, liés plus que jamais.

J'ai essayé d'oublier…

Je suis libre à présent…

Hector

— Ce n'est pas de ta faute, lui dis-je tendrement.

— Je sais…

Adam l'entoura de ses bras et posa un baiser sur sa joue mouillée. Aran, malgré le vacarme, s'était assoupi.

Avec ces deux décès, une autre page de mon passé venait de se tourner. Bientôt dans ce château ne subsisterait plus rien, si les événements s'enchaînaient ainsi.

Avec Adam, nous prîmes la décision de rester ici pour la nuit. Nos chambres étaient toujours prêtes à nous accueillir.

Dans la soirée, Martin revint accompagné d'Artur. Ces instants ressemblèrent à une veillée funéraire. Et cette journée serait à jamais gravée comme l'anniversaire de mon jeune frère, mais aussi la perte de deux êtres chers.

LA MARQUE D'ARAN

Au petit matin, je me retrouvais dans la cuisine et pris conscience que plus jamais je n'aurai, sous le palais, le goût parfait du café d'Hector. J'avais du mal à comprendre comment ils avaient pu faire une chose pareille, sans même tenter de nous demander de l'aide. Il avait entraîné Amélie avec lui dans sa chute et dans les flammes. Pour les cas de conscience, il était très difficile de faire appel aux autres, mais il aurait pu essayer.

Adam et Artur me rejoignirent dans la cuisine. Mon frère, comme si nous étions à la maison, me prépara ce dont j'avais le plus envie le matin. À vrai dire, il en fit pour tout le monde.

Nous étions attablés autour de l'îlot depuis plusieurs minutes dans un silence de mort, tournant nos cuillères plus par habitude que par besoin. Je m'attendais chaque seconde à voir Hector entrer, un outil dans la main, revenant du jardin.

Je relevai les yeux vers Artur.

— Je pense que nous devrions venir vivre ici, lançai-je.

— C'est une bonne idée, Hope, répondit mon oncle.

— Je suis d'accord, soutint Adam.

— OK...

Je leur pris la main et fis une pression légère sur leur doigt, heureuse de cet accord.

— Je crois que nous pourrions reconstruire la maison et la serre, ajoutai-je.

— Pour quels motifs ? questionna Adam.

— Cet endroit est en train de mourir. Nous ne pouvons pas laisser faire ça. Lilly va avoir besoin de quelqu'un pour s'occuper du bébé. Une personne de confiance. De même que les jardins ne vont pas s'entretenir tout seuls. Notre aide est nécessaire.

— Tu as totalement raison !

— Les sorciers peuvent nous aider, ils sont d'incroyables bâtisseurs, continuai-je.

Ils restèrent silencieux, attendant que je continue.

— Son monde s'effrite, je ne peux pas l'accepter. Cet endroit, c'était celui de Darren. Je ne l'ai pas connu, mais j'ai la certitude qu'il ne l'aurait jamais laissé mourir. Les sorciers doivent venir. Et nous devons regrouper notre famille. Je ne veux plus de silence dans cet endroit...

— Que se passe-t-il ? demanda Artur, commençant à s'inquiéter de la tournure de mes mots.

— Les choses doivent être telles qu'elles étaient. Pour la mémoire de nos morts.

— Hope ?

— Nous devons nous regrouper, c'est primordial.

— Pourquoi ?

— Pour ne pas être faibles.

— Mais...

— Elle est anéantie. Je le ressens, même la venue de son enfant ne pourra pas l'aider. Nous devons le faire.

— Nous ne l'avons jamais abandonné, pourquoi le ferions-nous maintenant ?

— Elle pourrait le vouloir...

— Non ! cria presque Adam. Elle n'est pas comme cela et tu le sais très bien.

— Reconstruisons et tout ira bien, conclus-je en me levant.

Je sortis de la pièce, les laissant là sur l'incohérence de mes mots. Je me sentais étrange comme si je savais quelque chose sans en avoir conscience.

Je montais dans le bureau et m'affairai à faire bouger les choses. Ma première action fut de téléphoner à une entreprise afin que les gravats soient enlevés au plus vite. Ils promirent de venir l'après-midi même.

Ensuite je contactai Kilien et l'informai des événements de la veille. Il prit la route sur-le-champ, accompagné de plusieurs sorciers et de Seona.

Je me levai, contente de ces premiers actes de renouveau, et perdais mon regard devant les jardins. Depuis plusieurs mois, j'étais en charge de ce château et je ne faisais que ce dont pourquoi j'étais payée. Si j'avais observé un peu plus, peut-être aurais-je pu les sauver.

Les mains sur les hanches, je me demandai ce que serait demain. Alors, je sortis et me dirigeai vers la chambre de mon petit frère.

Il était demain, il était l'avenir.

J'ouvris la porte, penchée sur son berceau, Lilly le contemplait. Elle tourna la tête vers moi en souriant.

— Comment va-t-il ? questionnai-je en m'approchant.

— Très bien, répondit-elle en se redressant pour poser un baiser sur ma joue.

— Bonjour, maman.

— Bonjour, ma fille.

— Martin sait-il pourquoi la marque est apparue si rapidement ?

— Lilith dit que c'est une preuve de grande force.

— Quand se sont-elles montrées celles d'Adam et Lou-Brian ?

— Bien plus tard, mais ce n'est pas important. Ce qui l'est, c'est qu'il soit un Imhumvamp.

— C'est exact.

— Merci pour ce que tu es en train de faire.

— Je ne peux pas laisser mourir un endroit si cher à ton cœur, maman.

— Je sais…

RENOUVEAU

Les sorciers arrivèrent, avec eux, ce savoir-faire et leur magie. Ils auraient pu refaire en un coup de baguette magique la même jolie petite maison, et relever les murs de verre de la serre pour abriter le peu de plantes qui avaient survécu à l'explosion, mais Lilly en avait décidé autrement.

Un petit cottage typiquement irlandais avec son toit de chaume prit forme. Je regardais ces sorciers bâtisseurs qui jamais ne touchaient le moindre parpaing. Si une chose ne plaisait pas à Lilly, il lui suffisait de le dire et la seconde d'après tout rentrait dans l'ordre.

Nous étions, toutes les deux, debout devant le chantier.

Seona, dès son arrivée, avait proposé de s'occuper d'Aran, ce qui avait ravi Lilly. Elle adorait tous ses enfants, mais son côté nounou n'était pas très développé, surtout en ce moment.

Kilien et Adam étaient en charge des travaux. Le premier sur le cottage et le second sur la serre. Lilly avait expliqué exactement ce qu'elle désirait à son fils. Elle lui faisait entièrement confiance.

J'avais toujours vécu ici. J'avais grandi ici, enfin Hope. Et cela me remplissait de joie de voir autant d'animation, revenue dans le château. Même si l'apparence allait changer, cela resterait à jamais ma maison et celle de ma famille.

— Tu vas devoir trouver de nouvelles personnes pour vivre dans ce magnifique cottage et s'occuper des espaces verts.

— J'ai déjà résolu le problème des jardins. Une entreprise spécialisée va en prendre la charge. Une fois par semaine, ils passeront entretenir ce qu'Amélie et Hector ont mis tant de temps à créer, m'informa Lilly.

— C'est une excellente idée. Des humains, j'imagine.

— Oui, affirma-t-elle en tournant la tête vers moi.

— Super.

— Pour le cottage, j'avais imaginé qu'Adam et toi, vous pourriez y vivre… Qu'en penses-tu ?

— Je crois que cela lui fera autant plaisir qu'à moi. J'irai cette après-midi prendre nos affaires chez nous. Et Artur ?

— Je ne pense pas que vous ayez besoin de chaperon…

— Oui, mais Artur ?

— Soit il emménage ici, soit il reste rue de l'Enclume.

— Je préférerais l'avoir près de moi, ajoutai-je.

— Il est grand. Il fera son choix, et s'il veut venir ici, eh bien, nous lui trouverons une chambre. Ce n'est pas ce qui manque !

— Je te remercie.

Kilien s'approcha de nous, nous reportions notre attention sur le jeune sorcier.

— Une question, petite sœur, désires-tu un jardin rien qu'à toi derrière la maison ?

Il était déjà au courant. Lilly connaissait ma décision avant même d'avoir posé la question à propos de notre emménagement ici.

— Oh, c'est adorable. Pourquoi pas, répondis-je.

— Si Lilly est d'accord, bien entendu, ajouta-t-il.

— Elle leur appartient, ils en font ce qu'ils veulent, dit-elle en partant vers la serre.

— Alors ?

— Quoi ?

— As-tu une préférence pour les fleurs et le reste ?

— Plutôt sauvage…

— Je m'en serai douté, conclut-il en me faisant un clin d'œil et s'éloignant.

Je le regardai manier sa baguette avec dextérité. Je le suivis de quelques pas, car je voulais voir ce que ce morceau de bois était capable de faire sur la nature. Bâtir une maison était une chose, avoir main mise sur les éléments une autre.

— C'est la première fois que je te vois utiliser une baguette.

— C'est indispensable pour construire, m'informa-t-il.

— Intéressant à savoir.

Alors, je le vis creuser des petits trous en faisant tourner le bout de la baguette. Ensuite, il se pencha sur une boîte d'où il en sortit des sachets. Je m'approchai plus près de lui.

— La magie a quand même des limites, lui chuchotai-je gentiment.

— Regarde…

Il ouvrit l'un des sachets qu'il fixa. Les petites graines en sortirent et volèrent jusque dans les trous, ensuite la terre les recouvrit. Il répéta cette opération autant des fois qu'il fut utile pour remplir chaque cercle creusé dans le sol.

— Voilà, il ne te reste plus qu'à être patiente… un peu.

— Combien de temps ?

— Plus rapidement que la nature, mais les graines doivent prendre racine et se sentir bien. Donc un petit moment leur est nécessaire.

— Pas de magie ?

— Juste un soupçon, finit-il en souriant.

De là où nous nous tenions, nous avions en ligne de mire la serre. De grands morceaux de verre étaient suspendus dans l'air. Ils semblaient flottés avant de prendre avec délicatesse leur place dans ce puzzle géant. Adam ne donnait que les directives n'ayant pas lui-même le don de bouger les objets.

J'allai vers ma mère qui en toute confiance était assise en plein milieu du chantier. Elle tenait en main une fleur noire.

Elle releva les yeux vers moi à mon approche, mon propre regard était fixé sur le remue-ménage qui se passait au-dessus de sa tête.

— Qu'est-ce ? questionnai-je.

— Un lys noir. Je suis heureuse qu'il soit intact. C'est très rare, presque unique.

— L'explosion l'a épargné.

— Nous devons faire notre possible pour qu'il tienne, c'est l'héritage d'Amélie.

— Comment ça ?

— C'est une espèce hybride qu'ils ont créée ensemble.

— Elle est très belle.

— Oui, touche-la.

Je fis ce qu'elle me demandait et fus surprise par la douceur des pétales. Je la regardai en souriant.

Elle était tellement atteinte par tout ce qui s'était passé ces derniers jours. J'avais l'impression que tant que tout ne serait pas revenu à la normale, elle ne saurait profiter de son enfant.

— C'est plus long de réparer la serre que d'avoir reconstruit la maison.

— C'est plus délicat.

— Tu ne devrais pas rester assise là, maman.

— Je ne crains rien.

— Un accident peut toujours arriver…

— Pas avec les sorciers, sauf s'ils le voulaient bien sûr.

— Ce qui n'est pas le cas !

— Non…

Je tirai vers moi, un autre fauteuil en osier qui n'avait pas été désintégré et pris place près d'elle. Elle était en admiration devant le lys d'Amélie.

— Le conseil des chefs de clans aura lieu dans deux jours. J'ai sollicité Adam pour me remplacer.

— Tu as bien fait.

— Mais comme c'est la première fois qu'il va le faire, j'aurais aimé que tu l'accompagnes.

Je la regardais, étonnée.

— Ils ne vont jamais me laisser entrer.

— Si je les préviens, si. Mais je ne voulais pas leur demander avant d'être certaine que tu acceptes.

— D'accord, maman. Que devrais-je faire ?

— Rien, juste écouter et t'assurer que tout se passe pour le mieux. Qu'ils ne chargent pas Adam de tâches supplémentaires en profitant de mon absence. Je sais qu'il va vouloir bien faire, donc je l'imagine prêt à accepter tout et n'importe quoi.

— Martin sera-t-il là ?

— Bien entendu, et Eddy aussi, c'est le troisième chef pour la France. Plus quelques autres…

— Des dizaines ?

— Des centaines…

— Oh… où cela aura-t-il lieu cette année ?

— À Londres.

— Très bien. J'ai une question à te poser.

— Oui ? répondit-elle en relevant les yeux de son trésor noir.

— Existe-t-il aussi des réunions entre les humains, les sorciers et les vampires ?

Elle me fit un sourire, le plus sincère et chaleureux que je n'avais vu sur son visage depuis l'explosion.

— Oui, nous faisons des réunions plusieurs fois par an pour nous assurer du maintien de la paix. Peu de personnes sont au courant, à cause de nous les vampires. Nous faisons toujours peur aux hommes, chuchota-t-elle presque.

— Pourquoi me parles-tu ainsi ?

— Certaines choses ne peuvent être encore dévoilées, même aux proches.

— Pourquoi m'en parler à moi, alors ?

— Tu as posé la question…

— Si Seona le faisait ?

— Je lui suggérerai de voir avec les sorciers. Nous pouvons être tous liés, mais nous ne devons pas faire preuve d'insubordination. Comprends-tu ?

— Oui, bien entendu. Dis-moi en plus de ces autres réunions, s'il te plaît.

— Pour le moment, je ne fais partie que du conseil européen, mais je compte bien me faire élire pour joindre l'élite mondiale.

— Je ne savais pas que tu aimais la politique, la coupai-je.

— Je ne l'apprécie guère, mais c'est le seul moyen que j'ai trouvé de nous tenir informés. Il faut toujours garder un œil sur ses ennemis.

— Je suis d'accord avec toi. De quoi parlez-vous lors de ces congrès ?

— Nous discutons de la vitamine que nous avons créée chez *Immortalis Sangus*, puis des dérapages d'une partie ou d'une autre lorsqu'ils sont importants. Car les autres cas sont traités lors des réunions de chefs de clans. Nous essayons de maintenir la paix. Et de trouver des solutions à long terme pour maintenir l'équilibre entre les races et faciliter l'intégration des uns et des autres. Nous votons des lois, etc.

— Comme un gouvernement en somme.

— Exactement.

— À quelle fréquence ?

— Tous les trimestres nous concernant, et la réunion mondiale a lieu tous les six mois.

— Y a-t-il autant à dire ?

— Bien entendu, si tu savais. L'*enzyme I* comme vous l'appeliez, il n'y a pas encore si longtemps, fait toujours autant d'envieux. Notre vitamine les satisfait pour le moment, mais déjà se profile à l'horizon le jour où les humains voudront plus. De même qu'ils se sentent lésés par rapport aux sorciers et ils aimeraient apprendre des tours…

— Des tours ? Ils sont sorciers, pas magiciens !

— Ils ont du mal à faire la différence.

— Rien n'est bon dans la stupidité.

— Tu prêches une convertie.

— J'accompagnerai Adam et prendrai soin de lui.

— Je ne m'inquiète pas un instant.

« Quand on parle du loup, on en voit la queue », cet adage prit tout son sens de vérité lorsque j'aperçus Adam près de nous.

— Oui ? lui demandai-je amusée.

— Vous me faites des cachoteries et je n'aime pas cela.

— J'informais Hope que je t'avais désigné pour prendre ma place à la prochaine réunion des chefs de clans qui va se dérouler dans deux jours à Londres — notre mère émit un temps d'arrêt. — elle a accepté de t'accompagner.

— Oh, très bien… Était-ce le secret ?

— Presque… elle t'expliquera le reste lorsque vous serez en route.

— Ça me va, abdiqua-t-il heureux de cette nouvelle et curieux des choses que j'avais à lui confier.

— Y en a-t-il encore pour longtemps avec la serre ? l'interrogeai-je.

— La fin d'après-midi, je pense. C'est très délicat et, vous deux, en plein milieu du chantier, rend les sorciers nerveux, donc ils sont moins performants, avoua-t-il les mains sur les hanches.

— D'accord, dis-je en me levant.

Lilly suivit mon exemple.

— Je vais aller rue de l'Enclume prendre quelques affaires, annonçai-je.

— Et moi, aller voir mon autre fils, ajouta Lilly, le lys toujours en main.

— Je ne voulais pas vous chasser…

— Mais si Adam… mais si, et nous comprenons. N'est-ce pas, mère ?

— Bien sûr. À plus tard, conclut-elle en empruntant le chemin de la sortie.

— Crois-tu que je l'aie vexée ? s'enquit mon frère.

— Non, c'était l'excuse pour aller voir Aran. As-tu besoin de quelques choses à la maison ?

— Pour meubler notre petit cottage ? questionna-t-il l'air malicieux.

— Par exemple, oui.

— Choisis ce que tu veux pour le peu de temps que nous serons là. Demain nous partirons vers Londres. De toute façon, il faudra y retourner.

— D'accord, finis-je en posant un baiser sur ses lèvres.

— Sois prudente !

— Toi, sois-le, ce n'est pas moi qui m'amuse sous des morceaux de verre volants !

Il éclata de rire et je pris le chemin pour rejoindre la voiture. En passant devant la serre, je klaxonnai avant d'appuyer sur le champignon. Je conduisis pour sortir de l'enceinte de la propriété et réagis qu'il n'y avait plus ni de grille ni de clôture.

— *Kilien, un joli muret de pierres ferait très bien l'affaire.*

— *Préfères-tu une grille en fer ou un portique de bois pour fermer ?*

— *Je te laisse choisir.*

— *OK, on se voit à ton retour.*

— *Oui.*

Je fonçai sur l'autoroute vers la rue de l'Enclume, là où tant d'événements s'étaient déroulés. Où des personnes étaient mortes et d'autres revenues à la vie, comme moi, enfin juste moi pour être exacte. Quitter cette maison allait être une autre étape dans mon existence.

Je me garai, n'ayant pas ressenti les kilomètres, tant j'étais perdue au plus profond de mon âme. C'était étrange, Lilly avait dit que je vivais une sorte de Recouvrance, celle d'une autre race. Différente. Moi, je ne me souvenais pas ce passé dans tous les corps où mon âme éternelle avait voyagé attendant le bon moment pour renaître. J'étais persuadée que ces vies-là ne reviendraient jamais me hanter.

Uniquement mes songes me donnaient des indications sur ma vie, la première, celle vécue avec Seamus. Les autres n'avaient été qu'un tremplin. Un tunnel vers là où je me tenais à présent.

Seamus avait dit que j'étais la passerelle entre les humains et les vampires.

Je me demandai toujours pourquoi il n'avait pas mentionné les sorciers, qui pourtant jouaient un rôle important, voire décisif, dans la vie future.

Alors sur cette pensée, comme une évidence, je me dis que j'étais une sorte de sorcière. Ce qui expliquerait la télékinésie… mais juste ce don-là. Les autres étaient vampiriques, en tout cas notés dans le livre d'Artur. Je ne trouvai pas de réponses. Il me manquait encore des éléments pour découvrir ce que j'étais avec plus de précisions. Je n'en étais pas loin, je le sentais.

Toc toc

Je sursautai et tournai la tête vers la vitre, Artur se tenait là. Je descendis la glace.

— Ça va ? me demanda-t-il.

— J'étais en train de réfléchir.

— Tu peux le faire à l'intérieur, argua-t-il en ouvrant la portière.

— Tu as raison.

— Viens…

J'appuyai sur le bouton afin de refermer la fenêtre, sortis et le suivis dans la maison.

— Qu'est-ce qui te tracasse, Hope ?

— Tout et rien. J'ai encore tellement de questions sans réponses.

— Sois patiente, tout arrivera en son temps.

— Je le sais, mais cela n'empêche pas les doutes et les inquiétudes.

— Oh, je le sais que trop bien, finit-il sa phrase en me prenant dans ses bras.

Je m'y abandonnai en fermant les yeux.

— Je savais juste les vampires capables de supporter autant de choses. Tu es un être exceptionnel, et cela ne peut-être sans un peu de douleur.

— Beaucoup, rectifiai-je.

— Oui, beaucoup plus qu'un humain peut le gérer, mais je le répète, tu es bien entourée.

— Oui, mais seule dans ma tête.

— Nous sommes, quelle que soit notre race, seuls dans nos têtes.

— Quelle est ma race ? lui demandai-je en relevant mon regard vers lui.

— De celle du messager sans aucun doute. Mon savoir s'arrête là, je le crains.

— Ça ne m'aide pas beaucoup.

— J'en conviens !

— J'ai l'impression d'être un peu de tout…

— Oui, tu es la passerelle.

— Mais celle-ci n'inclus pas les sorciers, pourquoi ?

— Ils sont humains !

— Non, ils sont sorciers. C'est quand même un peu plus que de simples humains.

— Physiquement, non. Leur longévité n'a lieu d'être que s'ils utilisent la magie.

— Sauf Kilien…

— Grâce au sang de Lilly, rien ne prouve qu'il soit immortel.

— Mais son corps ne vieillit plus.

— C'est exact, tu as raison sur ce point, admit-il.

— À ton avis, de quel côté iraient les sorciers en cas de conflit ?

— Pourquoi de telles pensées ?

— Je l'ignore. Je te l'ai dit, je me pose des questions sur tout. Demain, j'accompagne Adam à la réunion des chefs de clans à Londres.

— Il n'y aura pas de sorciers.

— Bien sûr, juste des vampires.

Il me lâcha et se dirigea vers la cuisine. Je le suivais tranquillement en regardant la maison.

— Je me suis préparé un thé, en veux-tu ?

— Tu sais bien que j'ai horreur de cette mixture.

Il s'assit devant sa tasse. Cela ressemblait à une invitation. Je me servais un verre de lait pour, malgré tout, l'accompagner dans sa collation et prenais place face à lui.

— Ils reconstruisent très vite. Je suis venue chercher des affaires pour Adam et moi. Si tu voyais le joli petit cottage que Kilien a créé sous les directives de Lilly pour nous.

— Oui, je suis au courant, elle me l'a dit.

— Vivras-tu avec nous à Nerfel ? lui demandai-je en ayant peur de la réponse.

— Non, je vais rester à Paris.

— Pourquoi ?

— C'est ici chez moi.

— Là-bas aussi !

— Non, Hope.

J'avais les doigts crispés sur le verre, tel qu'il aurait pu exploser.

— Tu ne peux pas m'abandonner !

— Je ne le fais pas.

— Tu t'éloignes de moi.

— Non, mais des autres, oui. Tu sais très bien pourquoi.

Je relevai les yeux vers lui. À la limite de pleurer, j'essayai de me contenir. Il avança la main vers moi, je daignai lâcher le verre pour lui proposer la mienne.

— Je ne suis jamais loin, tu le sais. Je suis là pour toi, uniquement pour toi… et ton Adam, finit-il en souriant.

— Je suis une égoïste.

— Non, tu es apeurée par l'inconnu. Nous avons tellement progressé. Tu as tant évolué en si peu de temps. Un être normal n'aurait pu intégrer tous ces éléments sans être un minimum perturbé, s'il avait survécu. Tu l'as fait, maintenant, laisses un peu de temps au temps. Tu nous as dit en Écosse laisser faire les choses et continuer ta vie. Fais-le sans te poser de questions. Cherche la sérénité plutôt que de tenter de répondre à des questions qui un jour, de toute façon, auront leurs réponses.

— J'essaie…

— Non, fais-le. Cesse de vouloir essayer, fais-le ! et sois zen.

— Zen ?

— Oui, tout simplement.

Je me levai et contournai l'îlot pour m'approcher de mon oncle.

— Zen ? répétai-je.

— Tu sais que tu es flippante parfois !

— Oui, je sais, mais être zen, je ne sais pas. Cela dit, je ferai de mon mieux.

— C'est exactement ce que j'attends de toi.

— Parfait…

— Vraiment flippante, murmura Artur en me dévisageant.

— Je vais monter rassembler quelques affaires.

Il m'observa partir et prendre les marches. Je percevais son regard interrogateur sur moi, de la même manière que si j'étais face à lui. Arrivée en haut, je m'emparai d'un grand sac de sport et engouffrai tout ce que je pouvais, au moins pour notre voyage à Londres.

J'essayai de ne pas intervenir, mais je sentais Artur fouiner dans ma tête.

— *Je ne suis pas la seule à chercher des réponses !*

— *Oh, tu me ressens ?*

— *Oui…*

— *C'est nouveau ça !*

— *Je crois que mes évolutions sont plus discrètes, mais néanmoins actives.*

— *On dirait que tu as raison.*

— *Puis-je te poser une dernière question ?*

— *Bien entendu.*

— *Lorsque tu t'es nourri de Seamus en 1945, as-tu aussi pris ses pouvoirs ?*

La déconnexion fut immédiate, brutale et surprenante. J'attrapai mon sac et courus dans l'escalier. Quand j'atteignis la cuisine, il n'était plus là. Ni ailleurs dans la maison !

Artur avait fui et clos son esprit au mien.

Après quelques instants d'incompréhension, je fermai la maison et repartis pour Nerfel. Sa fuite me donnait la réponse, si un non avait été de mise, il ne se serait pas sauvé.

Qu'apportaient à Artur d'avoir les dons de Seamus ? Et pourquoi ma question l'avait-elle fait partir de la sorte ? Il aurait été si simple de me le dire.

En arrivant au château, je me présentai devant une jolie grille en fer forgé, close. Je klaxonnais une fois, puis deux avant que Kilien ne daigne tourner les yeux vers moi et me sourire. Il leva un bras et la grille s'ouvrit, comme par magie. J'avançai de quelques mètres et garai la voiture à côté du cottage.

Il me rejoignit.

— Faudra-t-il que je fasse de même ou tu as un bip pour moi ?

— La kinésie ne pourra rien faire pour l'ouvrir, c'est une question de magnétisme.

Je lui tendis la main. Il y déposa en gloussant la télécommande.

— Merci, vous êtes bien aimable, dis-je en descendant de mon véhicule.

— Te plaît-elle au moins ?

Je me retournais avant de rajouter.

— Elle est magnifique. Où en sont-ils avec la serre ?

— Quasi terminé ! Il y a plus qu'à planter. Adam est parti chercher le lys noir.

— Pourquoi ?

— Nous allons essayer d'en faire pousser un peu, afin que cela ne soit plus une fleur unique.

— Lilly en serait tellement heureuse.

— Je sais, finit-il en me prenant par l'épaule.

Nous nous dirigions vers le château lorsqu'Adam en ressortait le pot en main. Il s'approcha de nous et le remit à Kilien.

— Fais-y attention comme à la prunelle de tes yeux !

— Bien entendu.

— Ça s'est bien passé rue de l'Enclume ? me demanda Adam alors que Kilien était déjà en route vers la serre.

— Oui et non…

— C'est-à-dire ?

Je lui racontai tout et lui aussi ne comprenait pas la réaction d'Artur concernant ma question, mais il approuvait le fait qu'il reste là-bas. Il aurait même été étonné qu'il décide de s'installer ici, car il y avait bien trop de vie à présent en ces lieux, ou en tous cas à venir. Il se préservait.

— À quelle heure partons-nous demain ? m'informai-je à la fin de mon récit.

— Veux-tu y aller en voiture ?

— Oh oui, c'est une bonne idée.

— D'accord, donc départ vers six heures.

— Super. Viens, allons voir notre petit cottage.

Il ne répondit pas, mais se laissa entraîner. Au passage, j'attrapai notre sac dans le coffre de la voiture. Arrivés devant la jolie porte de bois sculpté, nous fîmes un arrêt.

– Es-tu prête ? s'enquit-il la main sur la poignée.

– Absolument…

Adam ouvrit la porte. En silence, nous faisions quelques pas et nous arrêtâmes.

– Comment Lilly pouvait-elle savoir ce que nous voulions ?

– Elle est dans nos têtes… Mais, enfin, regarde-moi ça !

– C'est magnifique, constatai-je avec joie.

Nous nous trouvions dans une grande pièce sans le moindre mur, excepté bien entendu ceux qui soutenaient la maison. Des poutres au plafond se rejoignaient en son centre, dessinant une rosace. Un escalier du même bois semblait avoir poussé ici.

Sur les murs de pierre, il n'y avait rien. Ils les avaient laissés à nu, comme il se doit. Sur le sol, un carrelage noir mat avait été posé avec autant de justesse que le reste. Nous étions subjugués par le résultat.

La magie des sorciers nous avait fait don d'une maison unique et d'une beauté incomparable.

Main dans la main, nous montâmes à l'étage. Trois chambres se partageaient l'espace. Dans chacune d'elle, une salle de bains où Lilly aimerait se perdre. Concernant ces pièces, nous pouvions voir son choix à elle, pour notre plus grand bonheur à nous. Les sorciers avaient poussé le détail à mettre des rideaux à chaque fenêtre de ce niveau pour préserver notre intimité. Kilien avait été un maître d'œuvre irréprochable. Il avait pris sa tâche très au sérieux et c'était parfaitement réussi.

Nous redescendîmes dans l'espace de vie. Depuis l'escalier, cela paraissait encore plus grand et vivant !

— Il nous reste à définir où sera la cuisine et à aménager le tout. Ce soir, nous ne pourrons pas dormir ici, annonça Adam l'air un peu déçu.

— Nous le ferons à notre retour… Mais, nous pouvons y passer un petit moment, dis-je en faisant quelques pas.

— Tu as raison.

— Puis, j'ai des informations à te partager, ce que Lilly m'a raconté cet après-midi.

— Oh ! c'est vrai.

Je m'asseyais à même le sol. Nous étions chez nous, rien que chez nous. Adam me rejoignit. Il se positionna derrière moi et me tira à lui. Nous étions face à une baie vitrée qui donnait sur la forêt et une partie de notre petit jardin. Les plants de Kilien avaient déjà poussé de quelques centimètres. Je pris les mains d'Adam et entourai mon corps avec, avant de fermer les yeux et lui reporter la conversation à propos des réunions, celles avec les humains sorciers ou non.

LE VOYAGE

Adam était la personne la plus ponctuelle que je connaissais. À six heures pile, il toqua à la porte de ma chambre. Je n'avais pas beaucoup dormi après notre retour dans le château, essayant de joindre Artur, sans succès.

Je m'installai confortablement dans la voiture. Nous avions une longue route à faire. Je me sentais fatiguée de ma nuit agitée et sans réponse.

— Tu peux te reposer sur la route si tu veux, Hope. Tu n'as pas l'air très en forme.

— Je vais laisser mon corps faire ce qu'il veut, mais c'est exact que ma nuit n'a pas été très bénéfique. Artur ne me permet pas de le contacter.

— Donne-lui un moment…

— Où est-il à ton avis ?

— Parti voler quelque part. Il a cette faculté pour s'évader. Donne-lui du temps pour te répondre.

— Pourtant la réponse est évidente, dis-je tristement.

— Oui, mais peut-être n'est-il pas préparé à toutes les questions qui vont suivre lorsqu'il t'aura répondu.

Je tournai la tête vers lui et posai la main sur la sienne.

— Tu as parfaitement raison, je n'avais pas pensé à ça.

— J'ai toujours raison !

— On croirait entendre Lilly.

— Les chiens ne font pas des chats. On y va ?

— Oui, partons pour de nouvelles aventures.

— Installe-toi bien, finit-il en enclenchant la vitesse.

À peine avions-nous passé la grille flambant neuve de l'enceinte du château, qu'une léthargie m'envahit. Alors, je ne vis plus la route.

Dans l'irréalité du moment, je me retrouvai à marcher pieds nus sur le sable. Il me semblait encore plus pâle que dans mes autres rêves. L'eau ne m'atteignait pas. Le ciel était rempli de gros nuages menaçants. Ils stagnaient, car il n'y avait pas l'ombre d'une brise. L'air était pesant, ténébreux.

J'avais l'impression que les éléments pouvaient se déchainer au moindre mouvement de paupières. Une tempête terrible attendait un signal invisible que je ne pouvais déceler.

J'avais heureusement encore cette notion dont je rêvais, quelque chose me le disait intérieurement. Je ne craignais rien sur cette plage à part affronter mon esprit.

Une vague plus longue et téméraire que les autres vint lécher mes pieds. Je baissai mon regard vers elle. L'eau était bleue aujourd'hui et non verte comme d'accoutumée. Étais-je ailleurs ? Pourtant les montagnes n'avaient pas changé, elles.

Toujours aussi loin, toujours aussi hautes.

Alors que je continuai ma promenade, je vis plusieurs centaines de mètres devant moi, pour la première fois, une silhouette. Elle se dirigeait vers moi d'un pas assuré. Je ne pouvais pas encore discerner les traits de la personne, mais son allure me disait quelque chose.

Petit à petit, je le reconnus, mais que faisait-il ici ? Comment pouvait-il être dans ma tête, dans mon rêve ?

Je pressai l'allure à présent, peu m'importait si les réponses que j'allai obtenir n'étaient pas tout à fait justes, mais certainement qu'une part se rapprocherait de la vérité.

Arrivée à plusieurs pas de lui, je m'arrêtai. C'était bien mon oncle Artur, mais quelque chose en lui était différent. Ses yeux avaient la couleur de la métamorphose de son apparence vampirique, soudainement il déploya ses ailes, le son familier emplit mes oreilles et mon instinct me dit immédiatement de me méfier. Je reculai, mais lui avançait toujours alors que sa peau noircissait.

Pourquoi était-il en colère ?

Je me retournai et me mis à courir, ce rêve devenait un cauchemar. Hélas, ma foulée n'était pas aussi rapide que le battement de ses ailes, je regardai en arrière au moment où ses serres m'attrapaient. Je ne ressentis aucune douleur lorsqu'ils s'enfoncèrent dans la peau de mon dos. Je fixai le mouvement des vagues si calme alors que nous prenions de l'altitude. Nous nous dirigions vers les montagnes qui m'avaient paru tellement éloignées. À coup d'aile régulier, nous nous en approchions à grande vitesse. Je relevai les yeux vers l'immensité créée par la nature. Nous progressions, presque à la verticale, vers un sommet enneigé.

Puis ses pattes pénétrèrent dans les cristaux craquants de neige. Il replia ses ailes et me lâcha avec délicatesse. Je fis un pas en avant et lui fis face. Il restait immobile. Il avait un regard identique à celui qu'il m'avait porté au Tibet dans le monastère. Pourquoi avais-je cru qu'il puisse être en colère contre moi ? Je n'avais rien fait, à part vouloir savoir.

Alors, en quelques secondes, il redevint lui-même. Étrangement, il était habillé. Le contraire m'aurait mise mal à l'aise, même dans un rêve.

Il fit un pas vers moi et me prit dans ses bras.

— Pourquoi as-tu fui de la maison ?

Il ne répondit pas. J'essayai en vain de me détacher de lui, mais il me cramponnait. J'étais prisonnière de son corps. Il fit une pression contre moi et nous fûmes propulsés ailleurs. Je n'avais aucune idée si nous étions toujours sur la montagne en train de communier ou réellement partis à Paris en 1945.

Nous marchions dans les ruines de la ville. Les passants criaient et couraient en tous sens. Les joies de l'après-guerre et le temps de la renaissance étaient venus ! Artur très calme marchait dans ce petit quartier modeste, comme il avait traversé au fil des siècles, des tas de moments similaires à celui-ci. Dans l'euphorie populaire, il était tellement plus simple de trouver de quoi se nourrir sans attirer l'attention. Les gens étaient centrés sur leur liberté retrouvée et se moquaient bien de sa présence.

— La charité… supplia un homme assis sur le sol.

Artur continua son chemin avant de se retourner vers le mendiant. Il revint sur ses pas et s'accroupis devant lui.

— Est-ce tout ce que vous désirez ? demanda-t-il en posant une pièce dans le petit bol au pied de l'homme.

Le vieillard releva son regard vers lui et esquissa un sourire. S'engagea alors une conversation des plus bizarres. La main ridée de l'homme crispée sur le bras d'Artur, ils parlaient à demi-mot, pourtant ils semblaient bien se comprendre. La vision que j'avais était particulièrement atypique.

Au bout de quelques minutes, le vieil homme finit par se lever et s'offrit à mon oncle. Artur s'approcha encore plus de lui et s'en nourrit jusqu'à son dernier soupir. Puis il le lâcha. À peine le contact fut-il rompu que le corps s'évapora. Plus rien ne subsistait de lui, excepté un tas de vêtements pouilleux en boule aux pieds de mon oncle.

Artur resta immobile un court instant comme pour se délecter de ce nectar un peu particulier, et soudainement sa tête explosa — pas littéralement bien entendu ! — sous le flux d'informations qui le transperçait. Son corps se distordait sous le regard de toutes les personnes qui auraient pu y faire attention. Mais c'était la libération et il n'était qu'un détail mouvant dans la foule déchaînée. Artur se courba vers l'avant et finit sur le sol. Il semblait souffrir de crises d'épilepsie à répétition, ne laissant à son corps aucun répit, ses yeux se fermaient et se rouvraient à une vitesse effrénée. Il suait à grosses gouttes, les mains agrippées à son manteau comme pour se rassurer lui-même et se raccrocher à la vie.

Jamais pareil phénomène ne lui était arrivé après s'être nourri. Il avalait et emmagasinait les dons de ces donneurs. La plupart du temps, ils étaient des humains qui n'avaient rien de plus que leur sang à lui offrir. Parfois des sorciers, d'où il prenait des dons insignifiants par rapport à ceux des vampires, mais là, maintenant, c'était autre chose. Une force qu'il n'avait jamais connue était en train de prendre possession de tout son corps. Des éclats lumineux explosaient dans son esprit et parcouraient ensuite son système sanguin. C'était beau et affreux à la fois, doux et douloureux dans le même temps. Les images affluaient, des millions de scènes différentes déferlaient dans sa tête. Du sang coulait de son nez, ce qui arrivait était bien plus puissant que ce que son corps d'immortel pouvait supporter. Des capacités nouvelles s'ancraient dans ses cellules en souffrance. Les jointures de ses doigts étaient devenues toutes blanches à force d'être crispées. D'un coup, il se tétanisa, puis il se souleva légèrement de terre avant de retomber telle une feuille d'automne quittant la branche qui l'avait soutenue durant une saison. Il gisait, inconscient, devant le bol du vieillard mendiant. Un homme passa et lui jeta une pièce. Artur n'entendit pas le son aigu de la rencontre entre le bol et l'offrande.

Ce moment d'une intensité incroyable changea mon oncle à jamais.

Alors, je sentis le froid de la neige sur mes pieds, nous étions revenus sur la montagne.

— As-tu reçu la réponse que tu attendais ? me demanda-t-il de sa voix rauque me maintenant toujours dans ses bras qui étaient devenus de grandes ailes noires.

Comme cela s'était déroulé au Tibet, de revivre cet instant du passé l'avait fait muter. Ma tête n'était plus posée sur son torse au niveau de son cœur, mais bien plus bas.

— Est-ce à cause de cette rencontre que tu t'es réfugié au Tibet ?

Il ne répondit pas, au lieu de cela, nous replongions dans le passé. Combien d'heures s'étaient-elles écoulées depuis son effondrement ?

Il était à présent adossé au mur, le regard perdu, mais conscient. Le bol devant lui s'était rempli de monnaie. L'euphorie battait son plein, la nuit avait pris son quart. Il se soutint sur son bras gauche et se leva. Il avait l'air épuisé. Il observa une dernière fois autour de lui, l'air hagard, et finit par bouger. Il commença par faire un mètre, pénible, en prenant appui sur le mur. Cette expérience l'avait affaibli plus que de raison. Il me donnait l'impression d'avoir aussi endossé l'âge du mendiant disparu.

Lorsqu'il fut assez loin du bol rempli de pièce, une voix lui demanda :

— Vous ne prenez pas votre argent ?

D'un signe de main, sans même se retourner, il fit comprendre à son interlocuteur qu'il pouvait le prendre. Il entendit le bol vide se fendre en retombant sur le sol. Il releva la tête, droit devant lui, et se mit en route. Maintenant il paraissait déterminé, toute sa faiblesse s'était envolée avec l'argent donné.

Durant des jours qui se changèrent en semaine pour finir par des mois, il marcha. Il prenait la peine de faire des pauses juste pour se nourrir. Il savait où il allait, et ni rien ni personne n'aurait pu le dévier de son but.

Il s'arrêta dans une plaine désertique au Tibet. Il ressemblait à un illuminé, il n'avait plus cette classe que je lui connaissais de nos jours lorsqu'il était lui-même. Il observa autour de lui les montagnes et se métamorphosa en vampire. La pire bête que la création avait créée et s'envola avec, pourtant élégance. Il survola les monts tel un oiseau de proie à la recherche de nourriture, mais ce n'est pas cela qu'il cherchait. Enfin au bout de quelques heures, il atterrit devant une vieille maison tibétaine abandonnée. Il reprit son apparence humaine et sourit.

Au bout de sa longue quête, il avait atteint son but ! Celui où il allait habiter durant des années, celui où bien plus tard j'apprendrai une partie de moi. Celui où son adorable compagne perdrait la vie. Celui où j'avais cru qu'il avait vécu bien avant moi, bien avant le mendiant, bien avant tant de choses.

Seamus, le messager, l'avait envoyé là pour une raison qui m'était totalement obscure ou juste pour m'attendre. Il y avait acquis la sagesse, il y avait complété son livre et commencé un nouveau. Finalement, Artur en savait bien plus qu'il ne le prétendait, mais en avait-il été conscient jusqu'à ma question qu'il l'avait fait fuir ?

— Les choses s'éclaircissent-elles pour toi ? me demanda-t-il une nouvelle fois.

— Et pour toi ? ripostai-je.

Nous étions revenus au sommet de la montagne enneigée et maintenant il était à nouveau lui-même. Il s'écarta doucement de moi.

— J'ai encore quelques questionnements… avoua-t-il simplement.

— À présent, nous savons pourquoi Seamus communique avec nous deux. Tu fais partie du pont, Artur, tout comme moi.

— C'est différent.

Je le fixai intensément.

— Nous sommes liés… insistai-je.

— Oui.

— Tu n'as pas pris ses dons, mais une part de lui-même.

— C'est exact.

Je connaissais mon oncle un peu plus loquace habituellement, mais nous étions dans ma rêverie et il venait de revivre un
long moment extrême de sa vie, et peut être que cela avait déblo-
qué sa mémoire.

— Sais-tu ce que je suis ? essayai-je une fois de plus.

— La passerelle entre les races.

La phrase résonna dans mon esprit, puis peu à peu s'estompa. Alors vint le silence, et mes yeux se rouvrirent sur l'instant
présent. La voiture était immobilisée, mais nous semblions pourtant bouger.

— Où sommes-nous ? demandai-je à Adam.

— Sous la manche, dans le train.

— Wow, je me suis assoupie longtemps !

— Oui, et ce que tu as vécu devait être profond, car tu as
gesticulé en tous sens, il a même fallu que je te maintienne. Fort
heureusement tu étais calme au passage de la frontière !

— Tant mieux, répondis-je en m'appuyant sur son épaule
après avoir détaché ma ceinture de sécurité.

— Dans vingt minutes environ, nous reverrons la lumière
du jour. Je n'aime pas trop être enfermé ici, déclara-t-il.

— Ne t'inquiète pas, je suis là, dis-je le plus naturellement
du monde.

Il posa un baiser sur ma tête, alors que je serrai son bras.

LA RÉUNION DES CHEFS DE CLANS

Au nord de Londres s'érigeait un grand château dans une vaste propriété. L'architecture était typiquement anglaise et les jardins n'avaient rien à envier à ceux créés par les Français.

C'est dans cet endroit que nous arrivions dans le matin brumeux. Un garde à l'entrée nous intima de nous arrêter. Il prit nos noms qu'il cocha sur une liste avant d'ouvrir les grilles. Une longue allée, parcourue de chaque côté d'arbres, nous mena devant le parvis de la bâtisse. Nous descendîmes de voiture, Adam remit les clefs à un inconnu qui alla la garer un peu plus loin.

Nous montâmes des marches magistrales et fîmes face à une hôtesse, qui une fois de plus, requit nos noms. Ensuite, elle nous indiqua le chemin à suivre. Pour Adam qui n'aimait pas être loin de la clarté du jour, je pressentais un séjour pénible de faire cette réunion là où elle devait se dérouler ; la femme nous avait demandé de nous diriger vers sous-sol. Nous finîmes par déboucher dans une salle encore plus étendue que la superficie au sol du château. À peine la porte passée, un brouhaha monumental arriva à nos oreilles. Devant nous s'étalait un amphithéâtre rempli de chefs de clans. Par centaines, ils étaient installés par pays et l'ensemble représentait l'élite de la communauté vampirique européenne.

Je savais que les humains étaient depuis quelques années au courant de l'existence des vampires, mais ce rassemblement aurait pu faire paniquer le plus ouvert de la race humaine sur le changement.

Un petit homme, vampire, nous conduisit à nos places réservées près des autres chefs de clans de France. Martin nous introduisit au troisième et dernier ayant cette fonction pour notre pays, Eddy Viars. Je n'avais jamais rencontré cette haute figure française de la politique vampirique. Il était brun, une coupe courte et soignée. Un visage carré surmonté de lunettes, plus par coquetterie que par besoin, car aucun vampire n'avait de problème de vue. Il se leva — il était grand – pour nous serrer la main, une poigne ferme et délicate à la fois. Une certaine sagesse ressortait de ses traits, mais je n'arrivais pas à le cerner. Ce qui me paraissait évident, c'était son élégance innée, non due à son rang, mais à sa lignée. Les présentations terminées, nous prîmes place.

Je fermai mon esprit qui était bien trop envahi par tous ces vampires bavards en paroles et en pensées ! Et je commençai à faire un tour visuel de la salle. À plusieurs mètres de nous sur la droite, se tenait fièrement Lorelei, la sœur de ma mère. Elle était assise près d'Adrian, son Orkani. Lorsque mes yeux se posèrent sur eux, ils me firent un signe amical auquel je répondis avec joie.

J'affectionnai sans mesure aucune, Adrian !

Je donnai un petit coup de coude à Adam afin qu'il salue sa famille. Ce qu'il fit de tout cœur après avoir suivi mon regard pour les trouver.

— Avez-vous vu Artur au château avant de partir ? demandai-je à Martin.

— Non, j'ai entendu Lilly dire qu'il était retourné au Tibet, des affaires à régler, me chuchota-t-il presque.

Je me sentis instantanément inquiète en apprenant cette nouvelle. J'essayai, une fois de plus, de rentrer en contact avec mon oncle, mais la ligne était désespérément close.

Alors résonna dans l'amphithéâtre un gong qui fit taire tout le monde. Un individu que je ne connaissais pas, comme quasiment tous les vampires présents, monta sur une estrade en plein centre de l'immense pièce.

— Bienvenue à tous, dit-il.

S'ensuivit un bonjour collégial en guise de réponse, puis le silence revint. Je n'avais aucune idée de combien de temps durerait ce rassemblement, mais au vu du nombre de participants, que celui-ci avait lieu tous les deux ans, je pris subitement conscience que peut-être nous serions enfermés ici pendant des jours !

Je me sentis piégée.

Lilly avait-elle fait exprès de nous envoyer ici ? Avait-elle voulu nous éloigner du château ou de mon oncle ? Était-ce une demande de sa part ? Soudain, je trouvai mon questionnement un peu stupide étant donné que cette réunion était prévue de longue date, et que Lilly s'était expliquée lorsqu'elle nous avait demandé de la remplacer. Mais… j'avais quand même au travers de la gorge la possibilité d'avoir été écartée intentionnellement.

— Combien de temps va durer la réunion ? chuchotai-je à Martin.

— Chut, répondit-il alors que l'ouvreur des débats était en train d'énoncer l'ordre de jour.

Alors je fis silence, et reportai mon attention sur l'introduction de l'orateur. Chaque pays avait des revendications qui me semblaient plus ou moins importantes. Cela ne me donnait aucune indication sur la longueur des débats, car finalement je n'y connaissais pas grand-chose à la diplomatie vampirique. Allaient-ils se crêper le chignon pour des broutilles ou seraient-ils suffisamment intelligents pour trouver des accords dans leurs désaccords ?

C'est alors qu'une voix résonna à l'intérieur de mon crâne.

— *Sois attentive aux moindres mots…*

— *Qui parle ?* voulus-je m'assurer.

— *Qui veux-tu que cela soit, Hope ?* demanda Artur.

– *Pourquoi m'as-tu abandonné ?*

– *Je ne l'ai pas fait. Tu sais bien que je ne suis ni chef de clan ni un représentant officiel des Imhumvamps.*

– *Moi non plus...*

– *Mais vous êtes, avec Adam, mandatés par Lilly.*

– *Où es-tu ?*

– *Tu m'as envoyé au Tibet !*

– *Quoi ?*

– *Ce que tu as vécu dans ton songe. Tu me l'as fait revivre dans la réalité.*

– *C'est impossible !*

– *Rien ne l'est avec toi.*

– *Quand rentres-tu ?*

– *Lorsque tu auras toutes les réponses, j'imagine.*

– *Donc ce dont j'ai rêvé dans la voiture avec toi, c'était mes réponses ?*

– *Une brèche vers la vérité...*

– *Artur ?*

– *Oui...*

– *Es-tu aussi une partie de moi ?*

Il me sembla l'entendre rire, pas de moquerie, mais de l'innocence de ma question.

– *Non... mais maintenant, tu dois être assidue aux débats. C'est très important ce qu'il va se dire. N'oublie jamais la raison de ta venue sur Terre... sois très attentive, Dòchas.*

Il me parut étrange qu'il me nomme ainsi.

– *À quoi ?*

– *À tout !*

– *D'accord.*

Puis il interrompit la connexion afin que je sois témoin de ce qu'il se passait ici.

Comment avais-je pu l'envoyer là-bas au travers d'un rêve ? C'était invraisemblable.

— *Tu auras les réponses… cesse de penser pour le moment, il y a plus important à faire !*

— *Mais…*

— *Chut !*

Cette fois, il coupa pour de bon.

Je fixai mon esprit sur les discussions. Celui qui avait ouvert la séance avait laissé sa place à un autre vampire. À en croire le panneau lumineux près de l'estrade, il était Espagnol. Il énumérait des faits, des incidents comme ils les appelaient, qui n'étaient ni plus ni moins que des attaques contre les humains.

Depuis la mise au grand jour de leur race, ils devaient rendre des comptes aux vampires comme à la justice humaine. Les humains se protégeaient comme ils le pouvaient, ne faisant pas le poids — il faut le reconnaître — contre les suceurs de sang.

— Juste des cas isolés, répondit-il au maître de cérémonie, qui en fait était un des dix ministres vampiriques qui chapeautaient les chefs de clans. Parfois, les chefs étaient aussi nommés régisseurs.

Petit à petit l'organigramme vampirique se mettait en place dans ma tête.

Les ministres se tenaient bien en rang derrière leur pupitre face à l'estrade, assis sur des grandes chaises en bois. Près de chaque place flottait le drapeau de leur pays respectif. L'Europe des vampires se répartissait ainsi : la France, la Belgique, l'Espagne, le Portugal, l'Écosse, l'Irlande, l'Angleterre, la Suisse, l'Autriche et l'Italie.

Il était évident que les autres pays, ceux qui n'étaient pas présents en ce jour même s'ils étaient européens, avaient aussi ce type de hiérarchie.

— Vous devez gérer cela de manière différente ! lança le ministre représentant l'Irlande.

— Nous faisons de notre mieux, je vous l'assure.

— Quel a été le châtiment ? s'enquit-il ensuite.

— La mort.

Un murmure monta des tribunes.

— Ce n'est pas normal ! cria un homme bien trop loin pour que je distingue son visage.

— C'est la loi, répondit le ministre irlandais.

— Alors pourquoi lorsqu'ils nous attaquent, ils n'écopent que d'une peine de prison de quelques mois ? continua l'homme des tribunes.

— Ils tuent rarement ! argua-t-il en prenant à cet instant un rôle de temporisateur.

— Mais ils essaient et cela doit être réprimandé autrement que par une petite tape sur la main. Les nôtres meurent !

Le murmure se transforma en grondement.

— Il a raison…

— La loi a été proclamée par les humains pour se protéger qu'ils disaient, mais ce qu'ils cherchent au final, c'est de nous exterminer à petit feu, hurla un autre.

— Il a raison !

La séance dégénérait déjà et nous n'en étions qu'au commencement. Retentit alors un gong encore plus fort que celui qui avait fait taire tout le monde au début de la réunion.

Le ministre suisse se leva.

— Stop, soyons civilisés !

— C'est ce que l'on nous demande d'être, pourtant les humains nous tendent des pièges, brûlent nos maisons, nous harcellent pour déménager. Leur peur grandit jour après jour, et nous restons là à subir comme les gentils petits moutons qu'ils veulent que nous soyons, lança un vampire autrichien.

— Il a raison, dirent une fois de plus plusieurs voix en même temps.

— Nous allons contre notre nature… conclut-il avant de se rassoir.

— Nous nous défendons ce qui explique une partie des décès que nous évoquons aujourd'hui, ajouta cette fois un autre vampire sans une once de haine dans le ton de sa voix.

— C'est vrai, rares sont les attaques de vampires pour se nourrir. Nous avons résolu ce problème-là il y a fort longtemps, surenchérit un autre individu.

— Il doit en être référé au grand conseil, suggéra le ministre belge.

Un « oui » unanime s'éleva des tribunes. Il leva la main afin de faire taire l'assistance.

— Maintenant que ce point capital est réglé, je demanderai à chacun de vous, lorsque vous prendrez la parole, de ne donner que le chiffre des incidents. Il n'est pas nécessaire pour le moment de ranimer ce débat.

Le silence qui suivit démontrait l'acquiescement des chefs de clans. Le ministre belge se retourna vers celui par qui cette conversation avait débuté.

— Autre chose ?

— Non, Monsieur, c'est tout pour ma région.

L'homme regagna sa place auprès des autres vampires espagnols. Après lui se succéda un très grand nombre de régisseurs. Ils commençaient toujours par donner le chiffre des incidents, ensuite ils informaient les ministres des projets en cours et ceux à venir qui étaient sous leur responsabilité.

Je n'aurai jamais pensé que les vampires soient aussi structurés et obéissants. J'étais dans leur antre, chaque mot prononcé s'ancrait dans ma mémoire. Chaque situation venait alimenter un carnet imaginaire quelque part enfoui dans mon cerveau. Ce qui était dit ne serait jamais oublié.

Puis Martin fut appelé à son tour. J'étais curieuse de ce qu'il allait leur dévoiler. Il commença par la même chose que les autres après avoir salué l'assemblée.

— Cent-vingt-trois.

Le ministre griffonna ce chiffre sans relever les yeux vers lui. Ce qui l'engagea à continuer de parler des affaires de la partie française qui le concernait. Pas mal de banalités, et ensuite il donna les chiffres de production de la fameuse vitamine qu'*Immortalis Sangus* élaborait et vendait aux humains.

— Ce chiffre est en constante augmentation, finit-il par dire.

— C'est bon pour le business, ajouta l'un des ministres.

— Oui, mais nous devons nous méfier de ce regain pour la vitamine. Prise en grande quantité, elle pourrait nous attirer des problèmes. Un décès humain a été répertorié par overdose, compléta Martin.

— Comment peut-on en arriver là ?

— Le sang de vampire est riche en protéine, vitamine et autres minéraux. Le corps humain a ses limites comme nous le savons tous, expliqua-t-il.

— Y a-t-il un risque de dépendance ?

— Il semblerait, effectivement.

Commença alors un chuchotement dans les tribunes. Après quelques secondes, un homme se leva dans la partie réservée aux Anglais.

— Le Commonwealth dans son entièreté a toujours été contre l'idée d'aider les humains. Nous réitérons notre demande de cesser toute commercialisation de notre sang sous quelle que forme qu'il soit, même s'il a été synthétisé, cela reste notre essence — il se tourna vers nous — où est Lilly ?

— Je la remplace, lança Adam en se levant.

— Approchez-vous, cria une voix venant des dix pupitres.

Adam soupira avant de s'engager dans l'allée descendant vers le centre de l'hémicycle.

— *Tout va bien se passer,* l'encourageai-je.

— *On verra…*

— Prenez place, imposa l'un des ministres en lui montrant l'endroit que Martin venait de quitter.

Cependant, il ne remonta pas s'asseoir voulant aider Adam le cas échéant. Il se tenait à sa droite.

— Comment s'appelle-t-il cet enfant ? demanda le ministre qui l'avait invité à les rejoindre, changeant complètement de sujet.

Mais avec sa question, il informait le reste de l'assistance de la naissance du dixième Imhumvamps et ainsi justifiait l'absence de Lilly.

— Aran, Monsieur.

Alors s'éleva un tonnerre d'applaudissements. J'entendis quelques « félicitations » fuser de part et d'autre. Ce point éclairci, il reprit le cours de la conversation.

— La vitamine semble poser problème. Je sais que ce projet tient à cœur pour Lilly, cependant il faut en revoir la formulation — il s'adressait à Adam, alors que Martin était bien plus au courant que lui à propos de la fameuse vitamine, mais la hiérarchie le voulait ainsi — si les humains en deviennent dépendants, certes nous allons nous enrichir, mais aussi créer des malades, et ce fait est très inquiétant en plus d'être dangereux.

— Je lui ferai part de vos préoccupations, répondit Adam.

— Je n'en doute pas un instant, ainsi nous serons tous rassurés lorsqu'elle reviendra vers nous, les ministres, avec de bonnes nouvelles.

— Oui, Monsieur.

— Pouvez-vous nous donner les informations de votre secteur, je vous prie ?

— Vingt-deux, commença-t-il.

— Très bien… vous semblez tenir vos troupes un peu mieux que les précédents régisseurs ici présents.

— Deux suicides…

Le ministre releva la tête l'air grave.

— Connaissez-vous les raisons de ces actes ?

— Oui, monsieur.

C'est alors que je sus que c'était une obligation de déclarer les individus qui mettaient fin à leur vie. Cet acte était suffisamment rare pour être notifié.

Adam partit dans les explications justifiant le geste définitif d'Amélie et Hector. Par le choix de ses mots, je pris conscience à quel point il était touché de ces deux pertes. Nous n'en avions pas précisément parlé ensemble, mais maintenant cela était devenu inutile.

Il en profita ensuite pour les informer de la reconstruction de la maison et de la serre.

— Comment avez-vous pu aller si vite ? demanda une femme de la délégation suisse.

— Grâce aux Polvusiens, répondit Adam du tac au tac.

— Ce sont des sorciers, n'est-ce pas ?

— En effet, écossais.

De nouveau, une vague de désapprobation remua l'assemblée. Finalement, je me rendis compte que les vampires n'étaient pas encore prêts pour le mélange des races. Ils toléraient certaines choses comme la vitamine, et pas tous, mais les sorciers étaient peut-être la goutte qui faisait déborder le vase en ce jour.

Ils se mirent à parler tous en même temps, essayant de le faire le plus fort possible afin que l'un des ministres prête attention à l'un ou l'autre. C'est à ce moment-là que le bruit s'éloigna de mon oreille, qu'une brume sembla recouvrir le sol de l'amphithéâtre. Je clignais les paupières pour m'assurer que je ne rêvais pas, mais ce que je vis me paralysa de peur.

À ma gauche se tenait la délégation écossaise, le visage d'une femme était déchiqueté, ruisselant de sang. Sa bouche était crispée sur ce qui ressemblait à son dernier cri. Quel animal pouvait-il faire autant de dégâts ? Un autre vampire quelques mètres plus loin était en flamme. Je voyais le supplice dans ses yeux et entendais presque ses cris alors que ses os craquaient sous la chaleur. Je tournai la tête vivement vers Lorelei et la délégation belge. Un individu se tenant près d'elle, que je ne connaissais pas, semblait se débattre contre une force invisible qui tentait de lui arracher les yeux. Je vis alors une partie de son cuir chevelu s'envoler au loin. Je baissai la tête vers les ministres et Adam. Lui et Martin ne présentaient aucuns sévices, alors je reportai mon regard meurtrier vers l'alignement des hauts dirigeants. La moitié d'entre eux étaient touchés.

Du sang ? Il y en avait partout !

L'Anglais n'avait plus de tête, elle était posée loin de son corps. Je pouvais distinguer l'effroi dans ses yeux encore ouverts sur le néant. L'Italien n'était plus qu'un amas de cendres. Même l'odeur arrivait jusqu'à moi ! Alors je parcourus la salle du regard, la même vision apocalyptique s'offrait à moi, tant de morts, tant de souffrances et de terreurs.

La communauté vampirique allait être attaquée endéans les dix jours, et cela serait un carnage pour lequel je ne pouvais rien faire ! Au moins un quart des présents y laisseraient la vie. Que pouvais-je faire ? Les prévenir ? Non ! Si je ne pouvais agir pour éviter cela, il ne servait à rien d'aviser ces pauvres gens du sort terrible qui les attendaient.

Un gong retentit et la vie normale reprit sa place. Une fois de plus, je maudissais ce don « visage[3] » qui m'offrait des informations capitales, ingérables et incontrôlables.

Un calme étrange avait rempli l'hémicycle. Tout avait repris sa place dans le temps présent, juste subsistait dans mes narines

[3] *Référence page 24 d'Évolution – tome 1 de Hope.*

une odeur d'hémoglobine et de brûlé. Ils avaient arrêté de se cha-
mailler à cause des sorciers. Je n'avais pas entendu leur débat, je
ne savais pas ce qu'ils avaient décidé ou conclu. Mais en toute
sincérité, je ne pensai pas que cela soit le plus important. Ce qu'il
fallait à présent, c'est que je découvre d'où viendrait la vague
meurtrière.

Adam et Martin remontèrent prendre place près de moi et
un autre régisseur se retrouva sous les lampes des projecteurs.
Comment pouvais-je garder le silence sur cette effroyable vision
mortelle ?

Adam posa la main sur mon bras.

— Ça va ? Tu es si pâle !

J'étais dans l'incapacité de lui répondre. J'étais pétrifiée par
le futur.

— Hope ?

Martin pencha la tête vers nous.

— Que se passe-t-il ?

Mes yeux rencontrèrent ceux d'Adam et je ne pus retenir
mes larmes plus longtemps. Elles poussaient si fort sous mes paupières qu'un flot se déversa tel un torrent cassant le barrage qui
l'emprisonnait.

Il prit mon visage dans ses mains et me fixa.

— Tu peux tout me dire…

— *Je n'y arrive pas.*

— Que s'est-il passé ?

— *Beaucoup vont mourir.*

Il fronça les sourcils et soudain comprit. Il se retourna vers
l'assemblée et son visage se crispa.

— À quel point beaucoup ?

— *Tellement…*

— *Sais-tu comment ?* continua-t-il dans ma tête.

— *Non.*

— *Connais-tu l'endroit et quand ?*

— *Non plus. Ce don est le plus inutile que je connaisse.*

— *Étions-nous dans ta vision, si je puis dire ainsi ?*

— *Non.*

— *Adrian, Lorelei ?*

— *Non plus.*

— *Que pouvons-nous faire ?*

— *Rien, Adam… hélas… rien.*

Martin, qui avait probablement suivi notre conversation privée, se leva et apostropha l'assemblée. Le ministre français l'invita à descendre, mais cette fois il ne prit pas place derrière le pupitre ; ils sortirent de la salle pour discuter. Martin demandait l'autorisation, pour nous trois, de quitter la réunion au plus vite. Ce fait était peu toléré, mais c'était Martin et ce vampire-là avait beaucoup de pouvoir, sans oublier qu'il était très proche des Imhumvamps. Il ne dévoila rien du motif réel de la requête et nous pûmes partir sous les regards dérangés et médusés des autres participants.

Arrivée sur le perron, l'air pénétra mes cellules comme rarement il l'avait fait. Je ressentais chaque intrusion dans mon corps comme une bouffée d'oxygène pur nettoyant les séquelles de la vision que je venais de vivre.

Le voiturier nous amena notre véhicule et nous nous engouffrâmes à l'intérieur. Avant de quitter les lieux, j'avais pris le temps et la peine d'informer Lorelei et Adrian des raisons de notre départ précipité. Ils se devaient de savoir même s'ils n'allaient pas être touchés personnellement par la vague de morts qui allait s'abattre sur la communauté vampirique dans les jours à venir.

— Pourquoi ne faites-vous pas partie des ministres, en tant qu'Imhumvamps ces postes seraient plus que légitimes ? demandai-je à Adam.

— Lilith est la mère de tous les vampires. Le fardeau est suffisamment lourd à porter pour ne pas y rajouter une place d'office parmi les ministres.

— Je comprends. Qu'allons-nous faire ?

— Les prévenir serait la meilleure chose à faire, dit Martin.

— Mais comment contrer l'inévitable ?

— Un homme avisé en vaut deux, paraît-il, donc je pense que le plus sage serait de les mettre au courant. Cela dit, je préfère en parler avec Lilly avant. Nous devons trouver Artur, qui sait peut-être aura-t-il une solution, compléta-t-il.

Adam conduisait en silence. Les miles s'accumulaient, suivirent les rails de train et enfin les quelques centaines de kilomètres nous séparant du château de Nerfel.

J'avais essayé de m'assoupir pour rêver et ainsi contacter Artur, il fallait absolument qu'il revienne au plus vite. Mais, j'étais tellement inquiète que je ne pus même pas fermer les yeux pendant tout le voyage. J'étais restée silencieuse, mon esprit ouvert au cas où.

Quand enfin arriva le passage de la grille, je me sentis plus que jamais chez moi. Un soulagement intense me submergea.

Lilly nous attendait sur les marches du perron, Érik assit près d'elle. Le temps de nous garer et Kilien les avaient rejoints.

— Artur est-il revenu ? m'enquis-je à peine descendue de la voiture.

— Non… répondit notre mère en se levant suivie de près par ses deux gardes du corps, car c'est à cela qu'ils ressemblaient à l'instant même.

Nous entrions dans la maison et nous installâmes dans la grande salle autour de la table. Personne ne nous amènerait de café, notre mère devait trouver quelqu'un pour s'occuper de ce genre de détail.

— Est-ce à cause de mes dons que tu m'as envoyé là-bas ? questionnai-je de but en blanc.

— Pas du tout, Hope. Je désirais simplement que tu accompagnes Adam. Ne sois pas en colère et sache que jamais je n'utiliserai tes pouvoirs sans te le demander.

Je me sentis ridicule d'avoir posé cette question et agressé ainsi l'une des personnes que j'aimai le plus au monde.

— Oui, je sais, pardon.

— Tu es épuisée, je le comprends, ajouta-t-elle en posant la main sur mon bras.

— Oui, puis ces visions étaient horribles. Le seul point positif, c'est que personne de la famille ne sera touché par la vague de tuerie. Mais des proches, oui…

— Chez nous ?

— Non, du côté de Lorelei. Un homme que je ne connais pas qui se tenait près d'eux.

— D'accord.

Si j'avais pu, j'aurais partagé ces scènes d'épouvante avec eux. Hélas « visage » était un don du futur et cela ne pouvait être communiqué qu'oralement. Je me serai sentie soulagée si j'avais été capable de communier ce moment horrible. Cela m'aurait enlevé un poids pesant et ils auraient pu constater par eux-mêmes l'ampleur de ce qui arrivait.

— Cela va être difficile de divulguer ces informations. Personne, autre que notre cercle n'est au courant de l'existence de Hope en tant qu'âme éternelle, lança Martin.

— Oui, le dire engendrerait tellement de questions… compléta Adam.

— Cela serait même dangereux pour elle, intervint Érik.

Il restait sur sa réserve, et ce depuis que je le connaissais, c'est-à-dire toujours. Il agissait ainsi avec tout le monde. Il protégeait Lilly et c'est ce qui m'importait, en plus de l'aimer.

Je les fixai, l'un après l'autre, pour m'assurer qu'aucune vision mortelle ne les inclut dans la longue liste des morts qui allait s'écrire pour le malheur de la communauté vampirique. Quand je fus tranquillisée, je pris la parole.

— Les vampires pensent être les plus forts — commençai-je — si j'allais vers eux pour leur dire que prochainement une partie de leur congrégation allait disparaître, ils me prendraient pour une sorcière. Ce que j'ai vu et entendu durant ce rassemblement, c'est que les vampires communs ne sont pas prêts pour cohabiter ou même se lier avec une race différente. Je crois que les Imhumvamps sont l'exception à la règle… ou plutôt toi, maman. Tu es différente même de tes frères et sœurs. Tu es le futur de l'humanité en termes de tolérance. Mais pour eux, c'est trop tôt, ils ne sont pas prêts… Ils ne le sont pas, donc ils m'accepteront encore moins et surtout pas ce que je pourrai leur dévoiler.

— Tu n'as pas tort, dit Kilien qui ouvrait la bouche pour la première fois.

Je lui fis un sourire.

— J'ai besoin de me reposer. Je vous propose de discuter des moments de la réunion entre vous. J'ai manqué des passages, mais Adam comblera mes trous un peu plus tard. Pour l'instant, je dois dormir et peut-être qu'à mon réveil, j'aurai obtenu des réponses.

— Que veux-tu dire ? demanda Martin.

— Les songes me parlent… ajoutai-je en me levant.

Je quittai la pièce les laissant dans un questionnement intense et une ambiance mystique, mais le partage d'Adam lors de notre trajet aller, les informerait de certains détails. Je montai dans ma chambre et me jetai sous la douche avant de m'allonger pour enfin, je l'espérai, dormir et faire revenir Artur parmi nous.

Au bout de quelques secondes à peine, je sentis mes yeux s'agiter sous mes paupières. Je poussais déjà la porte de mes songes.

Je retrouvai la plage avec grand plaisir. Le jour était tombé laissant place à deux lunes orangées dans le ciel resté bleu nuancé plus sombre qu'en pleine journée. J'étais habillée d'une longue robe blanche. L'eau l'atteignait, mais à l'inverse de mes pieds, elle se mouillait à l'impact de chaque vague.

Elle devenait de plus en plus lourde à porter.

Soudainement sous mes pas, le sable se fit plus mou et, sans que je ne puisse agir ou même réussir à me sortir de là, j'étais déjà enlisée jusqu'à la taille. Une secousse m'aspira à la limite de la bouche. Je la gardai fermée de peur de m'étouffer avec le sable qui, d'une seconde à l'autre, devrait m'engloutir complètement. Une vague arriva et je me sentis tirer vers le bas, l'eau effleura le haut de mon crâne.

Je me retrouvai le temps d'un souffle dans le noir total, puis mes pieds touchèrent le sol. Plus question de sable, mais de pierrailles. J'étais à l'air libre. Je me retournai vivement et aperçus Artur, assis confortablement dans un rocking-chair sur la terrasse de sa maison au Tibet.

Je l'avais trouvé ! Ou bien était-ce lui qui m'avait appelé ?

Peu m'importait comment nous nous étions rejoints, ce qui comptait c'était que nous soyons ensemble, ici et maintenant.

J'époussetai ma robe pleine de sable et pris le chemin vers lui. Il ne releva pas la tête, à aucun moment. Il lisait. Une seconde assise près de lui m'attendait. J'y pris place et jetai un œil sur le livre. Ce n'était pas celui des dons. Les lettres qui composaient les mots me semblaient étrangement dessinées. Je ne déchiffrais pas les inscriptions. Artur continuait sa lecture, ignorant ma présence. Peut-être ne me voyait-il pas. Cependant, il posa la main sur mon rocking-chair et fit une pression sur le bois pour commencer le balancement. À ce moment-là, les lettres se mirent à bouger et instantanément, je compris le moindre mot. Les courbes de cette calligraphie particulière prenaient du sens.

Alors j'accompagnai mon oncle dans sa lecture.

Le texte parlait d'êtres et de leurs missions sur Terre. Il racontait une union qui avait eu lieu, il y a de cela plusieurs siècles pour ramener la paix. Il énumérait des naissances et des morts. Cela continuait ainsi durant des pages, des noms apparaissaient et des dates. Le texte était très ancien, les personnages ne faisaient plus partir de ce monde.

Pourquoi Artur prenait-il le temps de le lire ?

À cette pensée, il referma le livre comme s'il avait entendu ma question. Mes yeux se posèrent sur la couverture où était inscrit « Les Éternels ».

Il garda la main placée sur le cuir, puis tourna la tête vers moi.

— Il apporte des réponses…

— Mais, c'est si ancien.

— Il représente une pièce du puzzle.

— Dois-je aussi le lire ?

— Pas que je sache.

— Pourquoi ?

— Quelqu'un me l'a confié pour continuer à l'écrire.

— Seamus ?

— Non, après notre rencontre à Paris, une jeune femme, ici au Tibet, est venue pour me le remettre.

— Tu l'as en ta possession depuis tout ce temps et jamais tu ne l'as ouvert avant ce jour ?

— Si, mais je ne décryptais pas ce langage.

— Et maintenant, si ?

— Oui.

— Pourquoi ?

— Grâce à toi. Tu étais la pièce manquante pour que je puisse le déchiffrer.

— Où est-il à présent ce livre ?

J'avais conscience du songe.

— Rue de l'Enclume…

— Tu peux rentrer, alors ?

— Je le pense, mais avant, je dois te donner un message.

— De qui ?

Il me fixa étrangement.

— Vous devez joindre vos forces !

— De quoi parles-tu ?

— Des autres…

— Pour l'amour du ciel, sois plus clair, je ne saisis rien à ton charabia. On dirait Seamus qui cause par énigmes.

Un sourire éclaircit son visage, puis lui et le livre s'effacèrent de mes songes.

Je me retrouvai seule à me balancer. Les yeux fixés sur l'horizon, j'essayai de comprendre le message. Les autres étaient-ils les êtres dont le livre relatait l'histoire ?

C'était confus, j'étais confuse !

Alors, je pensais à ma chambre et, lentement, mes yeux s'ouvrirent sur le plafond familier de mon enfance humaine.

Je me levai, m'habillai en hâte et descendis les marches en trombe directement vers la porte d'entrée. Je sortis sur le perron et me dirigeai d'un pas rythmé vers la voiture. Je montai dedans et pris la route, sans jeter un œil vers ma famille et Adam qui me regardaient, vers la rue de l'Enclume.

La nuit aidant, l'autoroute était fluide. Les rues parisiennes guère plus encombrées, je me garai devant la maison et y pénétrai.

— Artur ?

— Je suis là, me dit-il en se levant du canapé.

Il vint vers moi et me prit dans ses bras. À cet instant, derrière moi, la porte s'ouvrit. Mes frères étaient là, ils n'avaient pas perdu la moindre seconde pour me suivre.

Je me détachai de mon oncle avant de me retourner vers eux.

— Je suis désolée.

— Tu as roulé bien trop vite ! lança Kilien.

Je penchai la tête sur le côté en lui souriant.

— Je suis immortelle !

— Mais pas les autres sur la route…

— Tu as raison.

Adam s'approcha de moi et posa la main sur ma joue en me fixant.

— Étais-tu si pressée que tu ne pouvais nous attendre ? me demanda-t-il l'air triste.

— Je devais m'assurer qu'Artur était revenu.

— Il est là…

— Passons dans le salon, je pense qu'une conversation s'impose, proposa notre oncle.

Nous l'accompagnâmes sagement, je remarquai le livre sur la table basse. Afin qu'Adam et Kilien comprennent bien la discussion qui allait suivre, je commençai par leur conter mes songes. Les moments vécus essayant de n'omettre aucun détail. Mais je ne m'arrêtai pas à l'histoire, je leur décrivais aussi le paysage, les deux lunes, les couleurs si différentes, mon ressenti, et très important, le fait que je puisse par ce biais faire voyager les gens dans la vie réelle. Les deux mondes étaient reliés entre eux par je ne savais quel phénomène.

En revanche, je m'abstenais de leur dire que ce monde, celui de mes songes, était le mien, celui où j'étais née, celui où je m'étais vue parler avec Seamus le jour où je lui avais remis la pierre, il y a fort longtemps.

J'évitais de leur dire que ce qui était vécu là impactait la vie ici. Que cela n'était ni plus ni moins qu'un monde parallèle où toutes existences avaient sa place légitime. Que ce monde-là était bien loin du Tibet et que je n'avais aucune idée de comment le rejoindre, excepté en dormant.

— Cela va au-delà de la magie, avoua Kilien à la fin de mon récit.

— C'est bien plus que cela, confirma Artur qui pour le moment semblait en connaître bien plus sur tout cela que moi.

— Avez-vous des questions ? demandai-je à mes deux frères.

— Il y en aurait beaucoup trop, donc le mieux est qu'Artur et toi parliez de ce que vous deviez avant que nous ne débarquions, précisa Adam logiquement.

— Il a raison, nous saurons vous interrompre si nous sommes perdus, ajouta Kilien.

— Très bien, finis-je.

Durant cette explication, j'étais restée debout telle une maîtresse d'école apprenant à ses jeunes élèves les choses élémentaires de la vie. Maintenant que cela était fait, je pris place près d'Adam.

— Je suis heureuse que tu aies pu revenir, Artur.

— Ce voyage particulier m'a permis de déchiffrer, enfin, ces écrits, fit remarquer mon oncle en pointant le livre devant nous.

— L'as-tu terminé ?

— Pas encore…

— De le lire, je veux dire.

— J'avais bien compris la question. La suite de cette histoire ne pourra être écrite que lorsque j'en aurai achevé la lecture.

— Qui sont les autres, Artur ?

— Des personnes comme toi !

— Il y en a plusieurs ?! le coupa Adam.

— Deux autres, à ma connaissance, pour être précis, nous confessa Artur.

Information surprenante et capitale.

Je n'avais lu que des noms et des dates d'individus décédés qui probablement n'étaient pas comme moi. Car si j'étais immortelle, les deux autres aussi l'étaient. Cela me faisait bizarre de savoir que je n'étais pas seule à posséder toutes ces capacités. Comment les autres vivaient-ils notre condition ? Alors j'y vis là la plus belle des opportunités. Car grâce à eux, j'allai peut-être trouver les solutions pour gérer au mieux mes dons. Sauf que ces autres personnes n'avaient pas été élevées au sang d'Imhumvamp ! Et de cela, j'étais certaine.

— Où sont-ils ? demandai-je alors.

— Je ne le sais pas encore.

— En quoi est-ce important que nous ayons cette information ? intervint Kilien.

— Ils doivent joindre leur force pour vaincre, ajouta Artur.

— Avons-nous des indices pour les localiser ? insistai-je.

Artur ne répondit pas, au lieu de cela, il se leva et se tint derrière le canapé. Nous attendîmes une réponse, mais contrairement à nos attentes, il changea de sujet nous laissant dans le vague.

— Hope, tu dois penser à ta vision et découvrir qui sera à l'origine de ce massacre si nous voulons l'éviter ou l'amoindrir.

— Tu sais très bien que nous ne pouvons rien faire !

— Joignez vos forces !

— Mais enfin, cesse de dire cela. Les trouver serait comme chercher une aiguille dans une botte de foin. Tu n'as pas répondu à la question, j'en déduis donc que tu n'en as pas la moindre idée. Seamus a mis des siècles pour moi. Comment veux-tu que nous ou moi, en moins de dix jours, puissions mettre la main sur ces autres âmes éternelles ? C'est bien de cela qu'il s'agit, n'est-ce pas ? rétorquai-je en me levant à mon tour, énervée.

Ses demi-mots, ses demi-informations ne faisaient pas avancer notre problème. Au contraire, j'avais l'impression que cela rajoutait une tâche monumentale à celle qui nous attendait déjà.

— Tu as toutes les cartes en mains pour réussir. Pour toi, les trouver est un jeu d'enfant. N'oublie pas que vous êtes identiques !

— Et ?

— Vous êtes liés, répondit Kilien à la place d'Artur.

— Par quoi ? insistai-je.

— Vos âmes, vos origines… votre race, conclut Artur.

Enfin quelqu'un disait à voix haute que je n'étais pas humaine !

— Ma race est experte en énigme !

— C'est en effet un trait de vos caractères, quoiqu'en y réfléchissant bien, je dirai que votre langage est juste différent.

— Il nous reste à présent neuf jours pour mettre la main sur les autres et ensuite essayer de concevoir un plan afin de prévenir les vampires du danger. C'est colossal, Artur, dans les temps impartis. Penses-tu que, dans ce livre, il y aurait des indices pour les localiser ? demandai-je en reprenant ma place dans le canapé.

Sur la fin de ma phrase, la porte d'entrée s'ouvrit laissant apparaître Lilly, suivie d'Érik et Martin qui la referma derrière lui.

Tout naturellement, ils vinrent s'asseoir avec nous.

— Je ne sais pas, Hope, reprit mon oncle comme si nous n'avions pas été interrompus.

C'est alors que sans l'ombre d'une brise ou la possibilité d'un courant d'air, le livre s'anima. Les pages se tournaient seules, enfin c'est ce que je crus jusqu'au moment où je remarquai les mains de Kilien. Mon regard remonta jusqu'à son visage. Il avait les yeux clos, ses lèvres bougeaient au rythme de son incantation silencieuse.

Puis l'ouvrage se souleva et lentement Kilien le posa sur mes genoux grâce à la force télékinésique. Les pages recommencèrent à se mouvoir. Artur vint derrière moi et le livre se stabilisa.

À nouveau, je ne comprenais pas ces signes qui s'étalaient devant moi. Comment devais-je déchiffrer ce qui était inscrit sur cette page sans le balancement de mes songes ?

— Concentre-toi, chuchota Artur en mettant la main sur mon épaule.

Je relevai les yeux vers Kilien quémandant son aide du regard.

— Touche-le, dit-il.

J'établissais un contact en posant les mains de chaque côté du livre sans le bouger. Alors les signes devinrent des lettres compréhensibles de ma vision. Sur la page, des mots se mirent en surbrillance : Élée, Dòchas, Gealaid. Les trois prénoms des âmes éternelles !

Je pris conscience que comme moi, elles avaient dû changer d'identité au fil des siècles. Un obstacle de plus se rajoutait à la liste pour les trouver.

À nouveau, je fixai Kilien.

— Plus d'indice, s'il te plaît.

Une nouvelle fois, il ferma les yeux et sa bouche se remit en mouvement, suivie de près par les pages. À présent, leur cadence s'était accélérée, faisant un bon vertigineux vers la seconde partie du livre.

Mon frère, sorcier, rouvrit les yeux. Je rabaissai les miens vers le papier immobile. Les trois mots suivants apparurent en lettres rouges. Elles semblaient sortir du livre tant leur scintillement était intense. Mage, vampire, humain.

Tout haut, je répétai ces mots ainsi que les trois prénoms. Je vis Adam les écrire sur une feuille blanche devant lui.

— S'ils sont inscrits dans l'ordre, nous pouvons déjà conclure qu'Élée est dans une communauté de sorciers, moi, ici avec vous les vampires, et Gealaid quelque part avec les humains.

— C'est logique, dit Adam en tournant la tête vers moi.

— Kilien, commença Lilly, peux-tu nous aider encore une fois et fixer la recherche sur la localisation ?

— Le livre est si ancien que je doute que même si nous obtenons cette information, elle soit toujours d'actualité, ajouta-t-il à raison.

— Tu n'as pas tort, répondit-elle.

— De même que comme moi, leurs prénoms ne doivent plus être les mêmes.

— Oui, mais nous connaissons ton prénom de naissance, ceux qui côtoient les autres le doivent aussi, argumenta Martin.

— C'est peut-être vrai.

— Kilien, s'il te plaît, tentons quand même de nous procurer cette information, insista notre mère.

Alors sans un mot, il recommença une nouvelle fois à faire parler le livre. Les pages allaient de gauche à droite cherchant les mots clés. Il s'arrêta et les lettres nous donnèrent : Terre.

— C'est une plaisanterie ! lança Martin.

— Persévère, Kilien, demandai-je sans répliquer.

Les actions des pages se faisaient plus lentement, puis enfin au bout de plusieurs minutes, le livre se figea et deux mots apparurent plus brillants que les autres : Élée – Grèce. Puis il reprit, frénétiquement cette fois, sa course aux indices. Dòchas – Angleterre s'ajoutèrent à la liste sur le papier. Le livre resta immobile plusieurs minutes alors que Kilien continuait, quant à lui, de marmonner pour communiquer avec cet objet. Un seul mouvement franc et rapide l'ouvrit une autre fois : Gealaid – Russie.

Kilien se leva et en nous fixant tous, il nous annonça qu'il devait partir. Sur le coup, nous fûmes étonnés, puis il nous expliqua qu'il devait contacter les autres communautés de sorciers, en particulier celle de la Grèce pour tenter de trouver l'autre âme éternelle. Nous acquiesçons de son initiative.

— Cela va s'avérer une tâche ardue que de trouver celle qui est avec les humains, dit Martin alors que Kilien sortait de la maison.

— Je vais continuer à lire le livre, même si je suis certain que je ne découvrirai aucun indice de plus pour les localiser, je peux peut-être dénicher d'autres informations capitales à notre quête.

— Ou à tout ce qui touche mon peuple, ajoutai-je.

— Seona en sait peut-être plus que nous le pensons, intervint Érik.

— Tu as raison, mais Kilien se charge de la recherche du côté des sorciers, répliqua Martin.

— Je suis d'accord avec Érik, Seona est une piste à creuser indépendamment de la recherche de Kilien, défendit Lilly en se levant.

Martin souffla et rejoignit notre mère et Érik à la porte.

— Nous nous tenons informés de chaque avancée, lança Lilly avant de sortir.

— Bien entendu, répondis-je surprise de leur départ soudain.

Tous semblaient vouloir partir au plus vite. Bien sûr que le temps était compté, mais leur attitude était pour le moins étrange.

— Bon nous allons être plus tranquilles pour établir la liste, annonça Artur.

— Quelle liste ? m'enquis-je

— Celle de ceux qui vont mourir. Tu vas plonger dans ta mémoire et revivre la vision. Tu devras nous donner, si possible, le plus de détails de ce que tu vois, et de manière précise.

— Essaie de distinguer le drapeau près des vampires en souffrance, requit Adam.

— D'accord.

Durant les deux heures qui suivirent, je repassai inlassable-ment la scène de l'épouvante dans ma tête. À chaque vision, je rajoutai des nationalités, mais je ne pouvais pas mettre de nom sur les morts en sursis, juste les décrire du mieux que je pouvais. J'in-terposai la vision que « visage » m'avait donnée à celle de la salle avant. Seuls les ministres pouvaient clairement être nommés. Quand, enfin, je fus certaine de n'oublier personne, je rouvrais les yeux sur une liste de plusieurs dizaines de pages griffonnée par Adam.

— Et maintenant ? demandai-je.

— Lilly doit convoquer une réunion extraordinaire des hauts dirigeants. Nous ne pouvons pas taire ce qu'il va se passer, répondit Artur.

— D'accord.

— Mais avant cela nous devons savoir qui est à l'origine de cette attaque massive contre notre communauté, continua-t-il.

— J'ai une idée, lança Adam.

Artur et moi nous tournâmes vers lui très intéressés.

— Lorelei connaît l'homme qui était placé près d'elle. Si nous allons le trouver, probablement que ton don se mettra à nouveau en branle et ainsi peut-être découvrirons nous qui a tenté de lui arracher les yeux avant de le scalper.

— Ce n'est pas bête !

— Carrément judicieux même ! m'exclamai-je.

— Vous deux allez à Bruxelles, durant ce temps je vais lire ce foutu livre. Nous nous tenons au courant de tout, même si ce que nous avons à dire ne nous avance pas.

— Je pense que nous sommes sur la bonne voie, conclus-je en me levant.

Adam me suivit, près de la porte, je me retournai vers notre oncle, qui déjà, s'était remis à sa lecture.

Sur-le-champ, nous prenions la route, vers Bruxelles et la Grand-Place dans le fief des vampires belges.

EN BELGIQUE

Adrian ouvrit la lourde porte de bois de la demeure de Lo-relei, située sur la Grand-Place de Bruxelles. Il nous sourit en nous invitant à entrer. Immédiatement, nous nous dirigions vers une pièce qui ressemblait à un bureau. Notre tante y était attablée en train d'observer des papiers avec la plus grande attention. Adrian alla se poster près d'elle. Il nous désigna des chaises où nous nous asseyions en silence.

Au bout de quelques secondes, elle releva son regard vers nous et nous salua.

Ils savaient plus ou moins pourquoi nous venions leur rendre visite. Je rentrai dans le vif du sujet, l'heure n'était pas aux mondanités familiales.

— Durant la réunion des chefs de clans, un homme se tenait près de vous deux, à ta droite, Lorelei. Environ un mètre quatre-vingt, brun, ses cheveux étaient attachés avec un ruban blanc. Il était vêtu d'une chemise bleue sur un jean de la même couleur. Aucun signe distinctif, leur décrivis-je.

— Janis, c'est lui, annonça-t-elle.

— Pouvez-vous organiser rapidement une rencontre ? demandai-je.

— Faisait-il partie de ta vision ?

— Oui. Peut-être que si je le revois, mon don se déclenchera et ainsi j'espère en savoir plus sur les assaillants.

— C'est une très bonne idée, Hope.

— Elle est d'Adam.

— Elle n'en reste pas moins excellente, ajouta-t-elle en se levant.

— Merci, dit-il humblement.

Elle contourna le bureau et vint à nous. Nous nous mettions debout à notre tour. Les embrassades pouvaient avoir lieu.

— Nous allons nous rendre chez lui immédiatement, finit-elle par dire.

— Très bien.

Nous prîmes la route dans la voiture d'Adrian.

— C'est juste à côté. Le trajet ne durera pas plus d'un quart d'heure, nous informa-t-il en démarrant le véhicule.

Je pris la main d'Adam qui me la serra. Effectivement après le temps estimé par Adrian, nous arrivâmes dans une petite rue de la ville d'Auderghem. Il se gara devant une jolie maison en briques rouges au balcon fleuri. La propriété était sécurisée par une immense grille. Adrian appuya sur l'interphone. Une caméra se tourna vers nous et aussitôt un clic nous prévint que nous pouvions entrer.

Adrian s'avança en premier, protégeant ainsi Lorelei et nous par la même occasion de tout danger éventuel. Cinq marches en pierres donnaient accès à la porte d'entrée. Elle s'ouvrit. Je reconnus immédiatement l'homme qui nous accueillait.

— Bonjour Janis, lança Adrian en lui tendant la main.

— Bonjour à vous tous. Que me vaut le plaisir de votre visite en ma demeure ?

— Entrons, s'il te plaît, demanda Lorelei.

— Je vous en prie, nous invita-t-il d'un signe de la main.

La maison était cosy. Il nous emmena dans la salle à manger. Une grande table faisait toute la longueur de la pièce, nous nous y installions.

Lorelei nous présenta à lui comme les enfants de Lilly. Il se sentit honoré de notre présence et dit aussi qu'il nous avait reconnus suite à la réunion des chefs de clans.

Ensuite, ma tante m'invita à parler.

— J'ai hérité d'un don, commençai-je.

— Comme beaucoup d'entre nous, me coupa-t-il.

— Celui-ci est différent, répondis-je en me levant.

À l'instant présent, il n'était pas nécessaire de lui communiquer plus de détails quant au don en lui-même. Ce don vampirique, peu le possédaient. Nous ne savions toujours pas si nous devions parler de ma vision morbide.

Je me plaçai derrière lui et mis les deux mains de chaque côté de son visage. Il ne bougea pas. J'espérai voir autre chose que son passé qui ne m'intéressait pas le moins du monde.

Alors, des images arrivèrent et je le vis marcher dans un grand espace vert, arboré et fleuri. Peut-être était-ce son jardin. Il se baissa pour ramasser une fleur que je n'aurai pu nommer. Il la porta jusqu'à ses narines et ferma les yeux laissant pénétrer toutes les senteurs qu'elle dégageait. Une sonnerie retentit et il releva la tête vers une grille, que je reconnus pour avoir été devant quelques minutes auparavant. Il s'empara de son téléphone portable et mit en route une application. Après une hésitation, l'écran montra ses visiteurs. Il actionna l'ouverture du portail et Janis marcha à leur rencontre pour aller les accueillir.

À plusieurs mètres d'eux, il stoppa net. Je fis une pression plus forte sur son visage voulant intégrer complètement son esprit et voir par ses yeux. La seconde d'après, je distinguai devant lui, quatre vampires toutes dents sorties.

– Que voulez-vous, Andrew ?

Il connaissait bien les intrus !

– Nous avons été mandatés pour te ramener avec nous.

– Pour quelle raison ?

– Ton implication dans la commercialisation de la vitamine.

– Quoi ? Il n'y a rien d'illégal à cela !

Andrew fit un pas en avant et je sentis le corps de Janis se transformer.

– Cette situation ne peut plus durer. Viens avec nous sans faire d'histoire.

– Qui veut me voir exactement ? insista Janis.

– Newton…

Mon hôte recula. Je ne savais pas qui étaient ce Newton ou ces quatre vampires.

– Vous organisez un soulèvement, je ne prendrai pas part à votre perfidie.

– La seule traîtrise est de vendre notre sang à l'ennemi.

– Les humains ne le sont pas, vous dîtes n'importe quoi !

– Ouvre les yeux ! Nous sommes exploités par les nôtres.

– C'est faux. Vous ne pouvez pas aller contre les Imhumvamps.

– Oh que si ! finit Andrew en faisant un signe de main à ces acolytes.

Alors tout s'enchaîna très vite, les quatre hommes foncèrent sur Janis qui tomba à terre en heurtant un essaim d'abeilles. Elles plongèrent sur lui. Ses bras gesticulaient en tous sens devant son visage. Il essayait de se protéger.

La conclusion que j'avais faite durant ma vision avait été faussée, personne ne tentait de lui arracher les yeux. Il se défendait contre l'assaut des insectes, les autres en profitèrent. Ils le relevèrent et l'éloignèrent de l'essaim détruit.

Ils le tenaient à bout de bras. Andrew sortit une hache. La barbarie dans toute son horreur. Ils ne cherchaient plus à le raisonner ou l'emmener. Ils ne voulaient plus qu'une seule chose : l'éliminer ! Andrew brandit l'arme mortelle et la balança en avant vers la tête de Janis qui réussit à l'esquiver, mais une partie de sa chevelure s'envola vers un rosier. Les autres hommes le maintinrent encore plus fortement et le forcèrent à s'agenouiller. Janis hurlait de douleur et de haine. Vivre tant de siècles pour être tué de manière si brutale par les siens !

Andrew leva la hache une dernière fois. Le couperet tomba sèchement sur la nuque de l'homme à genoux. Sa tête roula dans l'herbe. Une gerbe de sang éclaboussa la pelouse, la colorant de rouge. Les assaillants lâchèrent la dépouille et repartirent sans même jeter un œil en arrière.

Le corps était atteint de soubresauts, les ultimes d'une longue vie achevée avant l'heure.

Je relâchai mon emprise de la tête de Janis, toujours vivant. Il s'écroula sur la table. Il n'avait pas vécu son futur, mais la pression de mes mains l'avait énormément épuisé.

Lorelei se leva pour s'assurer qu'il était juste inconscient. Au bout de quelques secondes, il releva la tête vers moi.

— Avez-vous trouvé ce que vous êtes venue chercher ? haleta-t-il d'une voix affaiblie par un effort qu'il n'avait pourtant pas fait.

— Oui, je vous remercie.

— J'espère avoir pu vous aider d'une manière ou d'une autre. Que vouliez-vous voir dans ma tête ? finit-il par demander.

— Je ne peux pas vous en parler, pas encore. Je suis désolée.

Sur ces mots, nous quittions cette maison où, si nous n'agissions pas, se jouerait le spectacle d'une tragédie programmée.

Nous faisions le chemin du retour en silence. Ils avaient tous compris que ce que j'avais découvert était horriblement triste.

Je réfléchissais à ces images, ce fragment de vie que je venais de vivre. Je ne saisissais pas pourquoi des vampires s'en prenaient à d'autres vampires. Pourquoi s'exterminer alors qu'ils se plaignaient que les humains s'en chargeaient déjà ? Il me revint en mémoire l'intervention de cet Anglais lors de la réunion de chefs de clans qui demandait au nom du Commonwealth de cesser de produire la vitamine. Ils étaient en train d'organiser une mutinerie sans même attendre le rapport de Lilly sur le médicament.

Ils allaient contre leurs maîtres à tous.

Les seuls qui pourraient en tirer un avantage évident étaient les humains et les sorciers. L'une de ces deux races était-elle à l'origine de la discorde ? Quelqu'un de suffisamment influent pouvait-il réussir à monter des vampires contre leur géniteur ? Ou était-ce réellement parce qu'un danger rôdait sur la communauté vampirique à cause de cette vitamine ?

La voiture se gara sur mes interrogations. Nous en descendions. Adam se rapprocha de moi et me prit la main avec douceur, puis nous marchions tous les quatre vers la maison à la lourde porte de bois.

Nous rejoignîmes directement le bureau de Lorelei. L'heure du compte rendu était arrivée. Alors, je leur expliquai du mieux que je pouvais ce que j'avais vu. Au fur et à mesure de mes mots, leurs visages se décomposaient. Je comprenais leur incompréhension.

— Andrew… Newton. Ces Anglais sont définitivement un danger pour nous, lança Lorelei.

Elle paraissait pourtant très calme.

— Les connaissez-vous ? demandai-je.

— Newton est le régisseur du Sussex, et Andrew l'un de ses bras droits. Ils nous cherchent des poux dans la tête depuis pas mal d'années. Une branche radicale de conservateurs, m'informa Adrian.

— Je l'avais remarqué lors de la réunion. Newton est-il l'homme qui a pris la parole pour se plaindre ?

— Oui, acquiesça Adrian.

— Tout cela à cause de la vitamine ?

— Quand ce n'est pas cela, c'est autre chose. Toutes les excuses sont bonnes pour se batailler.

— Tu vois, Hope, pourquoi il est hors de question d'avoir une place légitime parmi les ministres, intervint Adam.

— Oui, cela ne rajouterait qu'une couche de jalousie sur celle existante.

— Je ne sais pas si cela en est vraiment, ou juste leur esprit contradictoire. Quoi que l'on dise ou fasse, ils ne sont jamais d'accord, soutint Lorelei.

— Oui, mais de là à tuer les siens ! C'est démesuré comme action pour un tel désaccord.

— Oui… et nous devons agir afin que ça n'arrive pas.

— Nous allons rentrer et reporter tout ceci à Lilly, dit Adam en se levant.

— Nous ne serons pas de trop dans ce qui va s'engager. Nous devons nous serrer les coudes.

— Je ne cherche pas à vous évincer, se défendit-il.

— Je le sais, c'est juste que tu as grandi et que je crois que je ne m'en rends compte que maintenant, ajouta Lorelei en lui souriant.

— Soyez prêts pour une visioconférence dans les prochaines heures, conclut-il.

— Très bien.

Nous nous dîmes au revoir rapidement.

Séance tenante, Adam et moi reprîmes la route en direction du château de Nerfel. C'était notre point de rendez-vous. C'était plus simple que rue de l'Enclume et bien plus grand.

— *Artur, nous rentrons.*

J'attendis plusieurs minutes avant qu'il ne réponde. Certainement toujours occupé à lire l'histoire de mon peuple.

— *D'accord, avez-vous réussi à glaner des informations ?*

— *Oui. Adam réfléchit comment faire pour contrer l'attaque. As-tu terminé le livre ?*

— *Oui, mais rien de probant. Les informations sont beaucoup trop anciennes.*

— *Tu dois écrire la suite, n'oublies pas.*

— *Mais il va y avoir un sacré trou dans l'histoire.*

— *Il existe peut-être un autre ouvrage.*

— *C'est exactement ce que je me suis dit. Il est impossible que l'existence d'éternels se résume à un millier de pages. Impossible !*

— *Nous chercherons la suite…*

Un silence se fit dans ma tête. L'autoroute défilait très vite derrière la vitre. Adam savait que je parlais avec Artur. Il restait donc concentré sur la route que la voiture avalait goulûment.

— *Qui va s'attaquer aux vampires ?* reprit Artur.

— *Des vampires…*

— *Quoi ?*

— *C'est la vérité.*

— *Qui ?*

— *Tout serait parti d'un certain Newton.*

— *Le traître !*

— *Je suis d'accord. Ne fais rien et rejoins-nous à Nerfel, s'il te plaît, Artur !*

— *Je m'y rends de suite.*

— *Des nouvelles de Kilien ?*

— *Pas encore.*

— *Le pauvre, sa tâche n'est pas la plus simple.*

— *C'est bien vrai, mais la magie va l'aider.*

— *Je l'espère vivement.*

Sur cette note positive, je coupai la conversation et reportai mon attention sur la route.

— Il n'y a pas que moi qui roule vite !

— Nous devons nous hâter, répondit-il en tournant la tête vers moi.

— Je sais bien, je te taquine.

— C'est de bonne guerre.

Je fouillai dans la boîte à gants et introduisis un CD d'Éva-nescence qu'Adam avait gravé, dans la fente du lecteur. Il regroupait tous nos morceaux préférés à tous les deux. J'enfonçai mon corps dans le siège et calai mon cou sur l'appui-tête. Je me laissai envahir par la voix enchanteresse d'Amy Lee.

— *Élée... Gealaid...* criai-je dans les profondeurs de l'univers, au cas où.

LE TROISIÈME JOUR

Du fait que l'attaque allait être perpétrée par des vampires, Lilly, à raison, ne jugea pas utile d'inviter les humains à cette réunion au sommet. Il était complètement stérile de les faire intervenir eux ou les sorciers dans cette querelle interne. De plus, ils se seraient sentis en danger de savoir que pareille chose pouvait survenir. Pourtant ils étaient experts en guerre en tous genres, mais ne pouvaient concevoir que les vampires puissent aussi le faire sans que cela n'impacte leur propre sécurité.

Et nous savons tous ce que la peur engendre chez l'humain.

Elle convoqua donc uniquement les dix ministres vampires de cette région européenne. Cela serait à eux ensuite de faire parvenir l'information à leurs homologues des autres grandes régions. Cela dit, pour les faire venir, Lilly avait dû leur mentir. Ils arrivaient en pensant qu'ils allaient débattre sur la vitamine et non sur une hécatombe suite à une attaque de leurs semblables, si nous arrivions, bien entendu, à les convaincre de la véracité de mes dires.

Nous n'avions toujours pas reçu de nouvelle de Kilien. J'avais essayé de le joindre, mais je n'avais eu que le silence en guise de réponse. Il n'était pas en danger, je l'aurai ressenti, juste en quête et le temps lui était compté pour achever sa mission.

Malgré leur mésentente sur le sujet, Lilly s'entretint avec Seona. Hélas, pour nous, elle ne savait rien, les seuls liens qu'elle possédait avec les âmes éternelles étaient la pierre Polvusienne et Seamus. Ce qui était déjà énorme.

Les ministres arrivèrent les uns après les autres au château. Nous les recevions dans la grande salle. Adam les accueillait. Je profitai de cette opportunité pour dire à Lilly qu'elle manquait cruellement de personnel. Sur ce fait avéré, elle me promit de s'en occuper une fois la crise passée.

Vers dix heures, nous étions au complet.

Adam referma les deux vantaux de la grande porte de cette salle qui parfois recevait des danseurs, et vint prendre place de notre côté de la table.

Face aux dix ministres ; Lilly, Érik, Martin, Artur, Adam et moi étions assis. Ils avaient la majorité par le nombre, mais aussi le pouvoir puisque les Imhumvamps, même s'ils étaient respectés, n'étaient considérés comme rien de plus que les vampires premiers. Je trouvais cette situation aberrante, mais j'avais encore moins mon mot à dire dans cette hiérarchie ridicule, n'étant que l'enfant adoptive de Lilly à leurs yeux.

Si Lilith, la mère de tous les vampires, avait été présente, la donne aurait été différente. Elle avait le pouvoir et presque le droit d'exterminer tous ceux qui se plaçaient en travers de son chemin l'empêchant d'arriver à ses fins.

C'était la raison pour laquelle, notre mère, ne voulait pas l'impliquer. Le carnage serait bien pire que celui qui m'était apparu via le visage de la moitié des hommes qui me faisaient face.

Après les formalités d'usage, Lilly entra dans le vif du sujet.

— Je ne vous ai pas convoqué en urgence pour parler de la formule de notre vitamine.

Ils commencèrent tous en même temps à signifier leur mécontentement, elle leva la main, les intimant de se taire.

— L'heure est grave, mes amis. Une attaque va être commise — elle fixa le ministre anglais — par Newton et son clan contre les vampires qui soutiennent *Immortalis Sangus,* donc un nombre conséquent d'individus sont concernés.

— Qui vous a rapporté pareille idiotie ? s'insurgea l'homme.

— J'aurais aimé que cela en soit une, James, mais sans vouloir vous manquer de respect, notre source est fiable.

— Qui est-ce ?

— Une personne possédant un don rare, « visage », qui était présente à la dernière réunion des chefs de clans.

Lilly avait employé le mot personne et non vampire afin de ne pas mentir une nouvelle fois aux ministres.

— Qu'a-t-elle vu ? demanda l'Italien.

— Un véritable carnage. Vous savez parfaitement que ce don ne se partage pas, car il représente le futur. Au cas où vous n'en auriez pas connaissance, l'acte se réalise dans les dix jours suivants la vision.

— Et vous croyez sur parole cette mystérieuse source, sachant que rien ne peut étayer ses mots ?

— Oui.

— C'est facile ! argua James.

— Nous sommes donc au troisième jour, déduisit l'Espagnol tout haut pour calmer les esprits.

— Exact, confirma notre mère.

— Est-ce la raison pour laquelle votre délégation à quitter la réunion ? demanda le ministre venant d'Écosse.

Lilly s'apprêtait à répliquer lorsque Jean, le ministre français intervint.

— En effet, j'ai autorisé qu'ils partent sans connaître les raisons de ce départ précipité.

La réponse lui revenait, de plus cela soutenait la démarche de Lilly.

— Comment êtes-vous au courant que Newton est le coupable de cette hypothétique attaque ? insista James.

— Je l'ai vu, dis-je tout naturellement.

J'en avais marre des attaques incessantes de ce type. Ils se tournèrent tous vers moi. J'avais capté leur attention.

— Excusez-moi, jeune fille, vous n'êtes pas vampire ! lança le Belge.

— Vous avez raison, mais je suis la fille de Lilly.

— Vous n'êtes pas de son sang.

— Bien plus que vous pouvez le croire.

Ils me fixaient à présent essayant de comprendre les conséquences de mes mots.

— Si elle est capable d'avoir des dons vampiriques, de par votre sang Lilly, alors tous les humains prenant la vitamine peuvent aussi hériter des dons par ce médicament ! attaqua à nouveau James plus virulent que jamais. Mais sa déduction n'était pas idiote.

— Je ne possède pas le don de voir la mort sur le visage des autres, reconnut doucement Lilly.

— C'est encore plus grave alors ! D'où provient ce don dans ce cas ?

— D'elle-même.

— N'importe quoi ! C'est une humaine, cela provient de la vitamine qu'elle a dû vous voler !

James devenait agressif et insultant. Je me contenais pour ne pas lui répondre.

— Non, vous savez que le sang utilisé est celui de vampire commun, pas d'un Imhumvamp, de plus il a été épuré. Lorsqu'un humain meurt, d'overdose par exemple, il ne se change pas en vampire. Vous savez bien que cela n'est pas aussi simple et nous ne sommes pas des idiots ! intervint Martin.

— Nous verrons cela plus tard, dit Jean en se levant.

Il semblait avoir plus d'autorité sur les autres et surtout être respecté, mais après tout nous étions en France, donc il se sentait encore plus concerné que les autres.

— Soit… se résigna enfin James.

— Revenons à Hope. Dites-nous ce que vous avez vu, s'il vous plaît, demanda-t-il en reprenant sa place.

Le ministre de notre pays avait pris la main et ce n'était pas une mauvaise chose.

Je leur expliquai alors du mieux que je le pouvais et essayant de n'offenser personne, la vision d'horreur que j'avais eue durant la réunion. Je ne leur annonçai pas lequel d'entre eux allait mourir, je préférai rester dans le vague. Si nous arrivions à contrer cette offensive, de les avoir paniqués n'aura servi à rien.

À la fin de mon récit, je vis sur leur visage qu'ils commençaient à me croire. De plus, je ne voyais pas pourquoi j'inventerais une histoire pareille.

James était beaucoup moins fier, je ressentais une sorte de honte l'envahir par ce qui allait être perpétré par ses concitoyens.

— J'ai une question, demanda-t-il.

— Je vous écoute, répondis-je.

— Comment savez-vous que Newton est à l'origine de ce carnage ?

— Dans ma vision, un vampire belge du nom de Janis y perdait la vie. Hier, avec Adam, nous nous sommes rendus à Bruxelles et avec l'aide de Lorelei et Adrian, nous avons pu le rencontrer. Cela m'a permis de sonder son esprit et de voir la scène de sa mort annoncée.

– Comment pouvez-vous faire cela ? Personne ne voit le futur à la demande, coupa le Suisse.

– Je le peux, je l'ignorais, mais je le peux.

– C'est invraisemblable, vous n'êtes qu'une humaine.

Ils avaient une manière de dire que j'étais humaine qui confortait ce que, moi, j'avais dit la veille à Lilly, à savoir que les vampires n'étaient toujours pas prêts à cohabiter avec la race humaine.

– J'ai du mal à le croire aussi, surenchérit l'Autrichien qui prenait la parole pour la première fois depuis le début de notre conversation.

J'étais disposée à me défendre lorsqu'Artur mit la main sur mon bras, m'arrêtant net.

– Aujourd'hui le plus important n'est pas de connaître les capacités de Hope, mais de trouver comment arrêter Newton et ses compères.

– Vous avez raison, mais j'ai une question à poser à votre protégé, se mêla le Portugais.

– Plus tard !

– Non, maintenant. Je ne vais pas mettre ma vie entre les mains d'une gamine sans savoir si elle fait réellement ce qu'elle dit pouvoir faire.

– Allez-y, s'il vous plaît, demandez-moi ce que vous voulez, intervins-je.

Il croisa les mains devant lui sur la table. J'avais cru qu'il était prêt à me questionner, mais il paraissait réfléchir.

– Je vous en prie, lui dis-je en souriant au bout de plusieurs secondes.

Il me fixa une dernière fois et se lança.

– Près de notre village, à la limite de la Galice, il y a une jeune femme qui vous ressemble beaucoup…

– Pour l'amour du ciel, Antonio, que faites-vous ? le coupa l'Irlandais qui sortait de son mutisme.

Antonio leva la main pour le faire taire sans même lui jeter un regard et reprit son histoire. Il s'adressait à moi, rien qu'à moi, comme si nous avions été seuls dans cette pièce.

— Je crois qu'elle vit dans cette maison blanche depuis presque toujours. Sa chevelure est comme la vôtre, longue et anguleuse. Les reflets que le soleil laisse dans ses cheveux sont sans pareil, cela donne l'impression qu'ils brillent bien plus que les rayons ou que le soleil lui-même s'en nourrit. Sa peau est très pâle, si claire qu'on y verrait là comme une aura autour d'elle. Sa force tranquille appelle le respect… tout comme vous. Pourtant elle est humaine, enfin c'est ce qu'elle prétend, mais j'ai toujours douté de sa réponse.

— Comment s'appelle-t-elle ? m'enquis-je avec la même douceur dans la voix que lui.

— Gaëlla… un étrange prénom. Connaissez-vous son origine ? demanda-t-il à son tour.

— Je pense que cela est très ancien.

— Vous ne le pensez pas, vous le savez. Qu'êtes-vous capable de faire, Hope ?

Je le fixai, pensive. Comment pouvais-je prouver à cet homme, ce vampire, que je pouvais faire tellement plus que ce qu'il pouvait imaginer ?

Un silence aussi profond qu'une tombe régnait dans la pièce. Tous les regards étaient tournés vers nous deux.

Les ministres pouvaient-ils comprendre ce que ce vieux vampire tentait de faire ou dire ? Il y avait une connexion entre lui et moi, similaire à celle que j'avais avec Artur. Cette constatation me fit prendre conscience du point le plus important de cette journée ; ce vampire était comme mon oncle, en contact direct avec une âme éternelle !

Il m'avait tout bonnement reconnue. Pas physiquement, car nous nous étions peut-être entrevues à la réunion, mais pas au point de nous reconnaître, même rien que trois jours après.

Il savait simplement ce que j'étais pour côtoyer depuis très longtemps un être identique à moi.

Je ne répondis pas à sa question, au lieu de cela, je tendis les bras par-dessus la table, l'invitant à prendre mes mains. Il les accepta en souriant et ma tête se remplit d'images.

Là n'était pas un songe, mais la réalité actuelle.

La jeune femme était telle qu'il venait de la décrire. Elle était assise sur un banc face à la mer, seule. Peut-être méditait-elle, car ses yeux étaient clos, mais elle ne dormait pas. Une petite brise faisait s'envoler ses jolies boucles orangées. Avec délicatesse, de sa main fine, elle dompta une mèche de cheveux qu'elle passa derrière son oreille.

Elle ouvrit les yeux et sourit. Son regard était d'un bleu intense à en faire pâlir la mer. Sa peau, presque transparente, renvoyait les rayons du soleil.

— Dòchas… soupira-t-elle.

Je ne la connaissais pas, mais je la reconnaissais.

La transmission prit fin et le murmure de mon prénom s'estompa peu à peu, cela n'avait duré que quelques instants.

Ce vampire était aussi un pont. Il venait de nous mettre en contact. À présent et grâce à lui nous étions deux, ne manquait plus qu'Élée. Et finalement, Antonio ne voulait pas voir de quoi j'étais capable, il avait juste voulu, par cette vision, se faire confirmer par l'autre âme éternelle qui j'étais. Il avait su saisir l'opportunité lorsque je lui avais tendu les bras.

Nous nous étions trompés, c'est vers les vampires que Gealaid s'était tournée. Certes, elle ne vivait pas avec eux, mais était proche de l'un d'eux et cela était suffisant. Peut-être n'avait-elle pas trouvé d'humain suffisamment fort pour l'aider. Peut-être que les humains n'étaient pas prêts pour accueillir une âme éternelle, tout comme ils ne l'étaient pas pour les autres espèces.

— Hope ?

Je me retournai vers Artur.

– Tout va bien, nous venons grâce à Antonio de trouver Gealaid ou c'est elle qui l'a fait. Je ne sais pas trop.

– Qui est Gealaid ? demanda le dirigeant italien.

Personne ne répondit. Je fixai Antonio qui ne semblait pas enclin à en parler. Je me tournai vers Artur qui me fit un signe négatif de la tête.

Devions-nous dévoiler notre existence à la communauté vampirique tout entière ?

J'entendais dans la majorité des esprits des ministres l'énorme questionnement que la communion d'Antonio avec moi avait suscité. Ils n'avaient pas de réponses, ils ne savaient pas comment le ministre portugais pouvait, ce qui paraissait, me faire confiance. Ils n'avaient pas vu, de toute façon ils n'auraient pas compris. Hélas pour eux, leurs interrogations resteraient en suspens pour le moment, car il y avait plus urgent à faire.

– Si nous stoppons la rébellion dans l'œuf, nous éviterons les centaines de morts que Hope a vus, dit Érik dans l'espoir de dévier la conversation.

– Comment désirez-vous procéder ? s'enquit l'Autrichien.

Pour une fois, Érik menait la danse.

– Cela doit se discuter avec les membres du Commonwealth. Vous devez — commença-t-il en s'adressant à James — convoquer une réunion extraordinaire de vos dirigeants et prendre les bonnes décisions concernant Newton et sa bande. Apparemment, il ne s'agit pas uniquement de ceux qui vivent en Angleterre. La mutinerie est partout, elle a atteint l'Australie et vos diverses colonies.

– *Il serait dangereux qu'il y aille seul. Il sera contre tous sans aucune preuve de ce qu'il avancera,* dis-je à Érik discrètement.

– Que voulez-vous que je leur dise ?

– La vérité, qu'un soulèvement est en train de prendre forme au sein de votre communauté et que l'objet en est la vitamine produit par *Immortalis Sangus*.

— Pourquoi me croiraient-ils ?

— Ils ne sont pas obligés en effet. Cela dit, je pensais qu'un ministre avait un certain poids. Vous devez utiliser votre autorité !

— Je vais rencontrer des personnes ayant presque le même statut que moi ! répondit James à raison.

— Certes, donc le mieux serait que vous n'y alliez pas seul, lança Érik qui avait mené ce bout de conversation avec brio pour arriver à ses fins.

— Je l'accompagnerai, annonça l'Irlandais.

— Qui d'autre ? demanda Érik en regardant l'assistance.

— Moi… je peux leur faire comprendre la véracité de la vision de Hope, intervint Antonio.

— Si vous le dites ! argua l'Autrichien.

— J'irai également, dit Artur.

— Vous saurez, vous aussi, en temps voulu ce que j'ai partagé avec elle. Pour le moment le plus important c'est de crever l'abcès avant que le venin empoisonne d'autres groupes et se répande au-delà du Commonwealth, finit Antonio en se levant.

— Ce qui est certainement déjà le cas, ajouta Lilly.

Tout le monde quitta la table. Il était urgent d'agir dans les plus brefs délais. Antonio vint vers moi et me prit les mains.

— Vous devez aller en Galice.

— Non, c'est à elle de nous rejoindre pour que nous puissions venir à bout de la révolte sous-jacente.

— Soit, je vais lui demander, conclut-il avant de quitter la pièce.

Tous les autres ministres suivirent le mouvement, Artur sur les talons de James. Nous avions fait un grand pas pour contrer ce mouvement, mais rien pour le moment n'était résolu.

Nous savions où était Gealaid, et cela était un point réglé. Un point que nous avions pensé ne pas pouvoir atteindre en si peu de temps. Restait plus qu'à localiser la troisième âme éternelle.

Nous nous retrouvions, Lilly, Érik, Adam et moi, seuls dans l'immense pièce redevenue silencieuse. Martin finalement avait préféré accompagner James, le ministre irlandais, Artur et Antonio à Londres. Leur mission était périlleuse et d'une extrême complexité. Martin ne serait pas de trop, en plus de son charisme, sa diplomatie était reconnue par tous les vampires.

— J'ai besoin d'un café, lançai-je.

— Très bonne idée, dit Adam.

Nous nous dirigions vers la cuisine où nous y trouvions Seona en quête de caféine. Elle s'occupait toujours d'Aran qui avait bien du mal à faire ses nuits. Il était encore si jeune. En nous voyant arriver, elle comprit le pourquoi de notre venue et sortit deux tasses de plus. Nous nous installâmes face à elle, à l'îlot central. Le souvenir d'Amélie et Hector était tellement présent. Je m'attendais encore à les voir entrer l'un ou l'autre dans la pièce d'une seconde à l'autre.

Seona posa les tasses et s'octroya une petite pause en notre compagnie, pour notre plus grand plaisir.

— Avez-vous des nouvelles de Kilien ? nous interrogea-t-elle.

— Non, et vous ? lui retourna à son tour Adam.

— Non plus, répondit-elle un brin d'inquiétude dans le regard.

— Il ne va pas tarder à nous contacter, croyez-moi… Merci pour le café, j'en rêvais depuis des heures ! tentai-je de la rassurer.

La propre mission de Kilien n'avait rien d'aisé, trouver une âme éternelle parmi des sorciers autres que les Polvusiens pouvait aussi s'avérer une tâche très dangereuse. Et des communautés, il y en avait des centaines, probablement même plus.

Le livre nous avait donné des indications très anciennes, qui n'étaient plus d'actualité. Nous en avions eu la preuve avec Gealaid qui se trouvait près des vampires en Galice et non en compagnie d'humains quelque part en Russie.

Seona finit par nous laisser, nous terminions notre café avant d'entamer une promenade dans le parc. Main dans la main, nos pas nous menèrent vers les sépultures de Camille et Nylan dans un des coins les plus éloignés du château près du petit lac. J'étais comme Lilly, c'est ici que je préférai être, dans la portion sauvage de la propriété.

En silence, nous nous recueillîmes quelques minutes face aux stalles de granit. Puis, sans même nous concerter, nous nous retournions et allions nous asseoir à quelques centimètres à peine de la berge.

— Penses-tu que nous puissions réussir à éviter le carnage ? questionna Adam.

— Une partie, certainement oui, mais la surface si je peux dire ainsi et si vaste à couvrir que je crois sincèrement qu'il y aura quand même des pertes. Lilly a raison quand elle dit que le mouvement est probablement déjà sorti du Commonwealth. Nous aurons juste minimisé l'impact de la rébellion.

— J'ai le sentiment que tu as grandi d'un coup, ajouta-t-il.

— Je suis toujours moi, mais j'ai l'impression qu'avec cette vision d'horreur, une tonne de responsabilités m'incombe à présent.

— Tu n'aimes pas ça…

— Non, je voulais une vie tranquille et non une existence à tenter de sauver des vies. Cela n'arrêtera jamais. La première grande difficulté, celle que nous rencontrons aujourd'hui, est interne aux vampires. Imagine, si demain, le conflit soit entre les sorciers et les humains ou même les trois espèces connues. Comment s'en sentir ? Comment temporiser la situation ? Nous ne sommes que trois âmes éternelles, je ne sais même pas si les deux autres ont aussi pour mission de préserver le monde !

— Il n'y a pas de raison qu'elles soient contraires à toi.

— Nous ne le savons pas…

— C'est juste, mais si tu réfléchis bien à cette prophétie…

— Je pense qu'elle ne concerne que moi, le coupai-je.

— Qu'est-ce qui te le fait croire ?

— Le ton des mots, les phrases me sont adressés. Je pense que nous avons tous un destin ou une utilité différente en ce monde.

— Nous serons fixés lorsque nous les rencontrerons.

— C'est vrai.

— Ne nous inquiétons pas pour le moment, mais n'oublie pas ce qu'Artur a dit. Vous devez joindre vos forces, donc, quelles qu'elles soient, elles seront nécessaires pour l'aboutissement.

— Sais-tu quel âge à Antonio ?

— Plusieurs siècles, les ministres ne peuvent être nommés qu'entre leurs trois et quatre centièmes années. Ils restent en fonction jusqu'à leurs morts.

— Je me demande depuis combien de temps il connaît Gealaid.

— En tout cas, suffisamment pour avoir fait le lien avec toi.

— Tu as raison !

— Nous étions dans cette pièce à parler depuis quoi une heure tout au plus. Tu as pris la parole peu de fois, mais il t'a reconnue. Puis, réussir à faire ce lien avec Gealaid pour lui confirmer ce qu'il avait décelé en toi… J'ai trouvé cela très intelligent.

— Oui, il n'a rien divulgué et, juste le fait de cette affirmation, il n'a plus voulu que je lui prouve ce que j'étais. Tu n'es pas intervenu, mais je vois que tu as observé !

— Bien sûr ! Je suis aussi là pour assurer les arrières de la famille.

— Nous n'avions rien à craindre.

— Hum, James était suffisamment virulent pour me mettre en garde. Je n'ai pas confiance en lui. Qui sait ? Peut-être est-il au courant de tout, et cela depuis le début.

— Je ne crois pas, rappelle-toi dans ma vision, il meurt…

— Oh, j'avais oublié ce détail.

— C'est aussi pour cette raison qu'il ne devait en aucun cas rencontrer les autres ministres ou même tenter seul de déjouer le plan de Newton, ajoutai-je en lui prenant la main.

Il acquiesça d'un signe de tête avant de reprendre.

— Érik a pris le lead de fort belle manière.

— Oui, j'imagine que je n'ai pas été la seule à être étonnée de sa manœuvre, lui qui est habituellement si discret.

— Il nous a démontré qu'il était plus que le compagnon et l'Orkani de Lilly.

— C'est une bonne chose, pour lui et pour nous, dis-je en posant un baiser sur ses lèvres.

— Crois-tu qu'Artur et Antonio vont échanger leurs expériences ? continua-t-il après avoir répondu à mon acte de tendresse.

— Je l'espère et, connaissant Artur, il ne laissera pas une occasion pareille lui passer sous le nez.

— C'est vrai !

— Attends, lançai-je soudainement en me relevant vivement.

Adam suivit mon geste. Je m'étais tournée vers le château. Je sentais une présence inconnue approcher.

— Qui est-ce ? s'enquit-il n'ayant pas ses sens aussi affutés que les miens.

— Kilien, mais il n'est pas seul.

— Élée ?

— Probablement…

Deux minutes après, apparaissait devant nous mon frère sorcier, accompagné d'une très jolie jeune femme. Elle ne ressemblait pas du tout à Gealaid. Elle portait ses cheveux courts. Ils étaient blonds et raides. Par contre, elle avait le même regard que celui que me renvoyait le miroir.

— Je vous présente Élée, annonça Kilien, simplement.

— Bonjour, répondis-je en continuant de l'observer.

Adam alla vers elle et lui tendit la main. Elle ne la prit pas, au lieu de cela, elle l'entoura de ses bras. Soit elle n'était pas timide, soit elle y voyait là un moyen de sonder son esprit. L'étreinte ne dura qu'un court instant.

Nous nous retrouvions ici, tous les quatre à ne pas savoir quoi dire. J'étais tellement curieuse de rencontrer quelqu'un de mon espèce que maintenant que cela arrivait, j'en restai sans voix.

— Avez-vous fait bonne route ? questionnai-je bêtement en m'adressant à Kilien.

— Excellente, oui, j'ai trouvé Élée pas si loin que cela finalement, et mon voyage en Grèce fût inutile.

— Où étiez-vous ? osai-je enfin lui demander.

— Dans la forêt de Brocéliande. Nombre de mages vivent là.

— Vraiment ?

— Oui, cet endroit porte bien son nom.

— Vous y êtes depuis longtemps ?

— Huit siècles, Dòchas, affirma-t-elle en faisant un pas vers moi.

— Oh ! Je me sens comme un nouveau-né.

— C'est une des raisons pour laquelle tu as besoin de notre aide.

Chaque fois qu'elle terminait une phrase, elle avançait vers moi.

— Adam, commença Kilien, me ferais-tu un petit café ? nous interrompit-il.

— Bien entendu, allez, vieux frère, viens avec moi.

Il posa un baiser sur ma joue avant d'accompagner Adam. Je ne l'avais même pas embrassé à son arrivée. Quelle piètre sœur j'étais parfois !

Je me rasseyais face à l'eau, Élée me suivit et prit place. Elle ôta ses souliers et mit ses pieds dans le lac.

— Ça fait du bien… C'est très joli et paisible, ici.

— Oui, avant Adam et moi vivions à Paris, mais depuis l'incendie nous avons presque emménagé dans le petit cottage à côté de la grille.

— Je sais.

Je la regardai, étonnée qu'elle puisse connaître des détails de ma vie.

— Kilien fut très loquace sur le trajet.

— D'accord.

Elle posa la main sur mon bras, ce contact fut apaisant.

— Tu n'as rien à craindre de moi, bien au contraire.

— Je ne connais rien de vous, comme je ne sais pas grand-chose de moi-même.

— Tu es jeune et s'il te plaît, cesses de me vouvoyer.

— D'accord… J'avais des millions de questions, et maintenant plus aucune ne me vient, est-ce normal ?

— Oui, car les réponses arriveront toutes seules, comme depuis le début de ta renaissance. Nous sommes des êtres ou plutôt des âmes éternelles. Parfois nos enveloppes charnelles meurent et, dans ce cas, notre âme retourne là-bas pour être à nouveau envoyée dans un corps humain.

— Mais je ne me souviens de rien de mes vies d'avant…

— Oui, cela fait partie de nos existences. Ainsi nous ne polluons pas nos esprits du passé. Chaque moment est définitivement effacé de nos mémoires. Mais grâce au sang de Lilly, tu as acquis des dons qui vont te permettre de voir les années oubliées, mais par contre je doute qu'elles te concernent directement.

— Comme la fois où Seamus m'a montré la clinique au début du siècle.

— En quelque sorte…

Savait-elle tout de moi ? Car là n'était pas, de mémoire, un sujet que j'avais abordé avec Kilien.

— Il y a des choses que je ne comprends pas, finis-je par dire.

— Comme quoi ?

— Tu sembles en savoir beaucoup, alors pourquoi ne pas être venue de toi-même ici pour joindre nos forces ?

— Très bonne question. Il y a des règles et des codes à suivre. Je peux aller voir Gealaid à n'importe quel moment de mon existence, et vice versa, car jadis, nous avons été introduites l'une à l'autre, pour aussi unir nos puissances afin de lutter contre l'anarchie et la barbarie qui régnait sur Terre à cette époque.

— D'accord…

J'en attendais plus, et elle le comprit alors elle continua à tenter de m'expliquer.

— Artur t'a donné des indices qu'il a reçus de Seamus, même sans en être vraiment conscient. Les songes ont montré la voie que tu devais suivre. Ta vision a dévoilé le but. Le tout dans ton esprit s'est mis en place et l'idée, poussée par le pont, donc Artur, est apparue. Il ne pouvait en dire plus, mais il avait un outil que je lui ai offert après sa rencontre avec Seamus…

— Le livre venait de toi ?

— Oui…

— Il y en a-t-il d'autres ?

— Des centaines… mais celui-ci était important pour vous indiquer le chemin qui vous mènerait à nous.

— Les informations sont obsolètes…

— Pourtant, je suis ici, et Gealaid est en route, répondit-elle en me souriant.

— C'est vrai.

— Tu verras, nous choisissons toujours des endroits stratégiques, c'est la raison pour laquelle nous bougeons afin de mieux servir la cause qui nous a été dédiée.

— Je n'ai rien choisi.

— Bien sûr que non, Seamus a ouvert des portes et refermé des voies pour que Lilly arrive à toi. Tu devais grandir au sein de cette famille.

— Donc, quelque part, Adam avait raison de penser que le messager avait fait en sorte que nous soyons l'un près de l'autre.

— En quelque sorte…

— Et la prophétie ?

— Oui, que veux-tu savoir ?

— Elle m'appartient ou nous avons tous la même ?

— Cette prophétie est tienne pour l'éternité.

Ceci confortait ce que j'avais dit à Adam et ce que j'avais ressenti.

— Quelle est la tienne ?

— Je ne peux pas te la divulguer.

— Pourquoi ?

— Elle m'appartient, m'informa-t-elle gentiment.

— Oui, mais les gens qui m'entourent ici connaissent les termes de la mienne. Ce n'est donc pas un secret.

— Oui et non. Au fur et à mesure du temps, ils vont l'oublier. Le détenteur des mots est Seamus, le pont est Artur, le gardien est Kilien. Ils seront les seuls avec toi, bien entendu, à se souvenir des mots exacts de la prophétie. Les autres sauront qu'elle existe, mais ils seront incapables d'en dire le contenu.

— Qui est ton détenteur ?

— Il se prénomme Roan.

— Je ne le connais pas.

— Tu ne t'en rappelles pas encore, mais tu le connais. Il y a trois sages, Seamus, Roan et Angus.

— Des sages… murmurai-je.

— Qui sont détenteurs des prophéties, mais pas que. Ils se doivent de nous montrer les souvenirs essentiels à notre paix d'âme. Ce sont eux qui désignent les ponts comme Artur ou Antonio ou le gardien comme Kilien par exemple. Ces êtres qui ont été choisis sont particuliers. Ils ont des prédispositions à faire le bien. Nous, nous temporisons et nous avons besoin de soutien dans nos différentes démarches. Cela peut paraître confus aux premiers abords, mais chaque jour que tu vieillis, tu apprends. Chaque fois que l'existence terrestre te met à rude épreuve, tu grandis. À chaque sensation, chaque émotion, tu deviens plus forte.

— La grandeur de l'esprit.

— Oui, pour atteindre la candeur de l'âme. C'est exactement cela, dit-elle en remuant les pieds dans l'eau.

— Les connexions sont importantes. Qui est ton pont ?

— Le moment venu, tu le rencontreras.

— Est-ce un sorcier ?

— Bien entendu.

— Pourquoi Gealaid a-t-elle choisi un vampire au lieu d'un humain ?

— Nos ponts meurent, donc lorsque cela survient, les sages en désignent des nouveaux. Antonio, étant vampire, a plus de longévité qu'un humain, le dernier choix d'Angus était le plus judicieux.

— Les sorciers ne peuvent pas vivre huit siècles, même avec leur magie.

— C'est exact, mais mes ponts ont toujours été de cette espèce-là.

— Pourquoi ?

— Question d'affinité, je suppose.

— Que penses-tu de Kilien ?

— Il a une grande force en lui, dont il n'est pas conscient. Vous deux avez été nourris avec du sang premier qui recèle une puissance peu égalable sur Terre. Il te permet à toi d'être différente de Gealaid ou moi, donc cela lui donne aussi à lui un plus qu'aucun autre sorcier ne possède. Il était le protecteur idéal de la pierre Polvusienne.

— Avez-vous aussi en vous une part de cette roche ?

— Non, Dòchas… seulement en toi coule les particules du savoir ancestral.

— Pourquoi ?

— Tu es l'Élue.

Sur ces mots, Kilien et Adam vinrent s'asseoir près de nous.

Je pris la main d'Adam et partageai avec lui la conversation que je venais d'avoir. Élée et Kilien le comprirent.

Le silence était juste dérangé par le bruit ambiant de l'eau, celui des pieds d'Élée pataugeant, et des divers animaux qui nous entouraient.

MONTRE-MOI LA MAGIE

— Cette idée est complètement absurde, nous sommes en crise, nous avons donc autre chose à faire.

— Non, Hope. Nous ne pouvons qu'attendre des informations des uns et des autres pour le moment. Alors, vas-y ! argua Adam.

— C'est faux, Adam, dix jours ne veut pas dire dans dix jours, cela signifie que cela peut survenir aujourd'hui, demain…

— Arrête, je comprends… mais que comptes-tu faire ?

— Rien…

— Voilà !

Nous étions sur les marches du perron. Quelques minutes auparavant, Kilien avait soumis l'idée de comparer nos dons. Élée et lui se tenaient devant nous face à face, tels des duellistes.

— Aurais-tu peur ? insista-t-il.

— Non.

— Alors qu'est-ce que tu attends !

— Ce n'est pas le moment, c'est tout.

— Tu as peur !

— Non ! Je suis l'élue, par quoi pourrai-je être effrayée ? dis-je un peu plus fort que je ne l'aurai cru.

Nos duellistes se tournèrent vers moi et éclatèrent de rire, Adam les accompagna, détendant l'atmosphère.

— OK ! Vous l'aurez voulu…

Je les rejoignis dans le gravier. Nous étions positionnés en triangle, nous observant du coin de l'œil.

— Nous n'allons pas nous battre, dit Kilien, juste étudier l'étendue des pouvoirs que nous possédons. Les miens proviennent des sorciers, ceux d'Élée et toi… ben, nous verrons.

— D'accord, acquiesçai-je.

C'est alors que je vis un petit tas de graviers qui commençait à prendre de la hauteur. Je ne savais pas qui les manipulait, aucun de mes deux compagnons de jeu n'avait les mains levées ou même fait un geste. Finalement, j'avais beau être l'élue, j'étais encore une novice.

— L'esprit sur la matière, expliqua Élée comme si elle avait compris mon désarroi face à leurs aptitudes, pourtant ce n'était rien que de faire bouger ces petits cailloux.

Je me concentrai sur eux et, petit à petit, ils se séparèrent pour former une ligne parfaite. Puis, ils tombèrent sur le sol rejoignant les autres, quelqu'un m'avait contré ! Alors je repris l'ascension des grains de roche dans mon esprit, cette fois, ils étaient plus nombreux. Ils se serraient les coudes par la force de ma seule volonté. Novice d'accord, mais je ne devais pas me laisser déconte-nancée par mon frère ou l'autre âme éternelle. La ligne atteignit une belle hauteur et se divisa en deux. Ils dansaient presque devant nous, un ballet de cailloux volants. Je les forçai à former un cercle. Une branche apparut dans mon champ de vision et se plaça verti-calement en dessous de mes deux ronds.

— Des ballons, lança Élée.

— Cela y ressemble…

— Corsons le jeu, annonça Kilien.

Mon attention se trouva perturbée et mes jolis ballons rede-vinrent ce qu'ils avaient toujours été : des graviers. Je soupirai d'agacement.

Je me mis à penser à la mer de mes songes, alors se matéria-lisa de l'eau. Tout d'abord juste une flaque stagnante à quelques centimètres du sol. Cette fois, je déployai les bras, le droit en di-rection de Kilien, la flaque s'agrandit en s'épaississant. Elle attei-gnit ses jambes à hauteur de genoux. Il releva la tête vers moi, visiblement surpris. Je me tournai vers Élée en même temps que mon bras gauche s'étendait vers elle. En deux secondes, elle se re-trouvait à son tour prisonnière des flots. J'ondulai mes doigts, d'abord lentement, puis ils prirent de la vitesse et des vagues à présent venaient cogner leurs jambes. Après quelques va-et-vient, l'eau se changea en glace, les immobilisant, mais je n'étais pas res-ponsable de la variante de climat. Cette fois, Kilien bougea le bras et la foudre fendit la couche épaisse et la glace redevint de l'eau avant de disparaître.

Adam se leva et se mit applaudir.

Nous ne nous battions pas, nous jouions avec les éléments. Des éléments que nous étions capables de créer et manipuler.

— Autre chose ! hurla Adam en se rasseyant.

Nous le regardions, amusés. Je n'étais peut-être pas moins habile qu'eux, j'avais juste une technique différente. Ma force se situait dans le mouvement, pour le moment j'en avais encore be-soin.

— La télékinésie est une capacité que je pense que chacun de nous maîtrise, lança Élée.

— Montre-moi de la magie, Kilien ! criai-je à mon tour.

— Elle est tout autant sorcière que moi, répondit-il en pointant Élée.

— Alors, vous deux, allez-y. Je veux voir…

— Et toi ? questionna Élée.

– J'ai des dons… vampiriques. L'un d'eux nous a réunis ici en ce jour, mais je ne peux rien en partager. Je suis en mesure de communiquer par télépathie, mais comment le faire avec toi ? Je suis capable de faire bouillir le cerveau de ceux que j'aime, et de voir le passé. J'ai la force et l'endurance des vampires. Voilà ce que m'a apporté Lilly avec son sang. La télékinésie, vivre des images du futur ou être immortelle, cela provient de moi.

– *Tu peux aussi me parler ici,* entendis-je soudainement dans ma tête.

– *Oh !*

– *Tu as bien plus de pouvoirs et d'aptitude que tu ne le penses. Tous ne viennent pas de cette enzyme I, et n'oublie pas ce qui circule dans tes veines.*

– *As-tu la capacité de converser aussi avec mes frères ?*

– *Oui, la télépathie n'est pas sélective, il suffit d'un récepteur. D'ailleurs, ils nous écoutent à l'instant présent. Je n'ai rien à cacher à quiconque, mes canaux sont toujours ouverts, pour toi et pour eux.*

Je les regardai l'un après l'autre, ils acquiescèrent d'un signe de tête.

– *Et… tuer les gens par la puissance de tes émotions n'est pas vampirique.*

Je me tournai vivement vers elle et fis un pas en avant.

– *Que veux-tu dire ?*

– *Cela fait partie de nos gènes. Nous avons la faculté d'anéantir un corps humain ou animal en faisant bouillir son cerveau ou même son cœur, par notre simple volonté. Lorsqu'Ivan est décédé, ce fut un accident, car tu ne savais pas gérer le flux des ondes parce que tu étais trop dans l'émotion.*

– *Voilà pourquoi la femme d'Artur est morte…*

– *Oui, pour vous deux cette faculté est arrivée en faisant des dégâts considérables. Bien dosé, ce don comme vous l'appelez, peut affaiblir un être vivant. Nous ne sommes pas obligés de tuer.*

— *Mais, nous l'avons fait.*

— *Oui, car l'enzyme I a développé certaines facultés chez toi, plus rapidement que la normale. Je suis tellement désolée pour vos pertes,* finit-elle par dire.

— *Merci,* répondis-je en m'avançant un peu plus vers elle.

— *Nous n'existons pas pour tuer, mais pour sauver. Lorsque cela survient, c'est soit une nécessité soit un accident. Regarde ce que tu as acquis à présent.*

— *Je sais…*

— *Il est aussi important que tu comprennes que parfois des sacrifices sont indispensables pour arriver au but ultime de notre mission.*

— *Ivan et Laure l'ont été.*

— *Oui, mais d'autres aussi, car il arrive que nous n'ayons guère le choix. Ne l'oublie jamais,* conclut-elle en me prenant dans ses bras.

À son contact, une incommensurable sérénité prit possession de tout mon corps. Chacune de mes cellules semblait se nourrir de son bien-être, de son calme pour ne pas dire sagesse. Je restai les yeux fermés ainsi un bon moment, j'avais presque l'impression d'entendre la mer. Puis lentement, l'eau toucha mes pieds, et je marchai sur le sable en compagnie d'Élée. C'était un autre temps, une autre époque, une histoire à part dans un lieu unique.

Le ciel dévoilait trois soleils parfaitement alignés. Ils n'étaient pas vraiment jaunes, car toutes les couleurs en ce lieu étaient différentes. Leurs rayons ne brûlaient pas, pas plus que l'eau ne mouillait.

Pourtant, je sentais la brise effleurer ma peau.

— Roan a dit que je partais demain, dit Élée.

— Quand nous reverrons-nous ?

— Dans quelques jours ou quelques siècles, mais cela arrivera.

— Je sais. Es-tu effrayée ?

— Pas du tout, j'ai hâte de mettre à profil tout ce que le sage m'a appris.

— Je comprends. J'espère que tout se passera bien pour toi.

— Il n'y a pas de raison du contraire, Dòchas.

— Je sais bien, mais ils sont tellement imprévisibles.

— Je suis d'accord avec toi sur ce point. Allez, embrasse-moi à présent.

— Mais, tu as dit demain !

— Je dois me préparer… Cela aussi, tu le sais.

— Soit… capitulai-je en me blottissant contre elle.

— Ce n'est qu'un au revoir, pas un adieu.

Notre étreinte dura quelques minutes, puis je la vis s'éloigner de moi vers les hautes montagnes de la vallée d'Esgard.

La sensation d'apesanteur s'atténua lentement et je revins ici et maintenant, devant le château de Nerfel. Je me détachais de ma sœur d'âme, pour le moment je ne savais pas encore exactement ce qu'elle était de plus pour moi.

Nos yeux se croisèrent. À ce moment précisément, je discernai une fugace lueur rouge traverser son regard. Elle me souriait tandis que moi, je me questionnai sur ce que je n'avais pas rêvé à l'instant.

— Le temps commence à être long pour moi, hurla une nouvelle fois Adam, peut-être penseriez-vous à faire un peu de magie ?

— Oh oui, faites cela, m'accordai-je avec lui en le rejoignant sur les marches.

Élée et Kilien, désormais, se tenaient face à face. Adam me prit la main, nous attendions que le spectacle débute.

— *Elle est étrange,* me dit Adam.

— *Elle peut t'entendre !*

— *Non, mes canaux à moi ne sont pas ouverts sur le monde.*

— *Les miens non plus, et oui, elle est bizarre.*

— *T'en méfies-tu ?*

— *Oui et non… Laissons le temps au temps de faire son ouvrage de confiance sur nous.*

— *Ou pas…*

Je tournai la tête vers lui, me questionnant sur la furtive lueur rouge, l'avait-il vu aussi ? Je m'abstins de lui poser la question et reportai mon attention sur ce qu'il allait se passer.

Ils tendirent les bras vers le ciel. Une lumière jaillit de chacun de leur doigt, blanche et stridente — comme si le bruit était associé à la teinte — pourtant, un silence intense régnait. Le filin se rejoignit haut dans le ciel. L'impact puissant fit apparaître un cercle qui commença à s'élargir, créant des rayons multicolores. De son centre partaient d'autres ronds parfaits, une répercussion rouge, bleu, jaune… Les couleurs primaires dans toutes leurs puretés. À leur tour, les cercles éclatèrent en des millions de particules qui retombèrent vers nous en créant chacun une explosion de couleurs.

Des étoiles filantes fonçant vers la terre.

Leur clarté était si intense que même la lumière du jour ne pouvait amoindrir leur intensité. Quand elles se rapprochèrent du sol, elles stagnèrent à quelques centimètres de celui-ci, luttant pour ne pas mourir à son contact. C'est alors que le bruit arriva, chaque explosion produisant une note différente. La symphonie des éléments se déchainait par le seul geste de deux sorciers au sommet de leur art !

La beauté était équivalente pour nos yeux et nos oreilles.

Ils avaient créé un ballet de lumière accompagné par un hymne imaginaire et inédit de leur don partagé.

Alors que je m'extasiai, la porte du château s'ouvrit derrière nous, cassant la magie du moment et laissant apparaître Lilly, Aran dans ses bras, suivis d'Érik.

— Que se passe-t-il ici ? demanda notre mère.

Nous nous relevions.

Kilien se rapprocha de nous, Élée imita son mouvement. Alors, comme un bloc, ils nous rejoignirent sur le perron. Toute la beauté de l'instant avait disparu.

Les présentations officielles d'une autre âme éternelle allaient avoir lieu.

AINSI SOIT-IL

Nous n'avions toujours pas de nouvelles de Gealaid ni d'Artur et les autres. Nous savions juste qu'en cet instant une réunion très importante avait lieu à Londres.

Avec Élée, nous avions essayé de joindre la troisième âme éternelle, mais malgré son droit de le faire, Élée n'avait pu la situer ou entrer en contact.

Le cinquième jour venait de commencer et j'étais très inquiète sur le délai qu'il nous restait. Mon esprit me disait que la passivité s'avérait ne pas être la bonne solution. J'avais vu la fin de Janis, il fallait le protéger. Si une personne pouvait l'être ! Certes, ce n'était rien, mais au moins cette vision aura servi à sauver quelqu'un.

— *Adrian ?*

— *Que me vaut cet honneur ?*

— *Le temps passe et j'ai peur.*

— *Je comprends que ce que tu as vu est effrayant.*

— *Pourriez-vous vous occuper de Janis ?*

— *Il est déjà ici avec sa famille, et sa maison est sous surveillance.*

— *Oh merci, quel soulagement.*

J'étais heureuse de leur avoir raconté ce qu'il devait arriver à leur compagnon. Si j'avais pu le faire pour chaque victime, mais il était trop tard. Nous avions pensé que la réunion anglaise réglerait tout, mais plus j'y songeais et plus je me disais que j'aurais dû agir dans le même temps.

— *Merci Adrian. Prenez soin de vous, s'il te plaît.*

— *Ne t'inquiète pas, nous sommes en sécurité ici.*

— *Je sais.*

— *Passe le bonjour à Lorelei.*

— *Je n'y manquerai pas. Tu sais que la maison t'est toujours ouverte…*

— *Oui, merci. Je dois te laisser. À bientôt, Adrian.*

— *À bientôt, petite Hope.*

Je ressentis son sourire et cela me fit du bien.

— *Artur, donne-moi des nouvelles.*

Plusieurs minutes passèrent avant qu'il ne me réponde.

J'observai les jardins du haut de la fenêtre de ma chambre. Je scrutai l'horizon me demandant d'où les attaques allaient partir. Nous n'avions rien à craindre. C'était égoïste même de le penser, alors que tant d'autres allaient perdre la vie.

— *Ils ont envoyé des hommes pour appréhender Newton et les autres.*

— *Quand ?*

— *Hier soir.*

Je le sus aussi soucieux que moi au ton de sa voix.

— *Vous ont-ils cru ?*

— *Antonio est très persuasif !*

— *Que faites-vous à présent ?*

— *Nous attendons…*

— *Mais… ce n'est pas la solution.*

— *Je sais, mais ils restent très frileux quand même, ils nous feront vraiment confiance lorsque l'homme sera arrêté et ramené ici pour s'expliquer.*

— *Cela n'arrivera pas !*

— *Que veux-tu dire ?*

— *Qu'il ne va pas se laisser faire sans combattre !*

À ce moment précis, quelque chose fit une intrusion dans ma tête. Je tombais à genoux sous la pression.

— *Hope ?*

— *Ça a commencé, je le ressens. Quelle douleur !*

Des cris affluèrent et, avec eux, une déchirure intolérable. La souffrance dans son état le plus dur entrait dans mes cellules. J'avais le sentiment que chaque son produisait la destruction d'une part de moi.

J'entendis un hurlement plus proche, puis alors que j'étais allongée sur le sol luttant pour ne pas perdre connaissance, je vis la porte s'ouvrir.

Élée s'élança vers moi. Elle me souleva et me fixa.

— Regarde-moi !

Je n'arrivai pas à garder les yeux ouverts. Le supplice intense que cette souffrance me procurait passait au-dessus de ma volonté.

— Regarde-moi ! hurla-t-elle cette fois.

Je repensais à ce qu'Artur m'avait dit « joignez vos forces », la phrase résonna dans ma tête et me permit d'ouvrir les yeux. À cet instant précis, une lueur rouge sortit des siens et pénétra dans ma tête. Je m'écroulais à nouveau, la décharge qu'elle venait de m'envoyer avait éteint les sons et la douleur, mais me donnait l'impression d'avoir tout brûlé sur son passage.

J'essayai de reprendre mes esprits en secouant doucement la tête.

— Qu'était-ce ? balbutiai-je.

— Une attaque qui a commencé…

— Non, pas ça, ce qui est sorti de tes yeux, finis-je péniblement en relevant le visage vers elle.

Elle me tendit la main et m'aida à me mettre debout. Je me sentais à bout de souffle, à bout de tout.

— J'ai stoppé la fusion de l'attaque.

— De quoi parles-tu ?

— Ce qui a afflué en toi n'est autre que le reflet de la souffrance de ceux qui sont morts.

— Pourquoi ?

— Parce que tu as vu leurs derniers instants.

— Mais cela n'est jamais arrivé avant !

— Tu évolues encore...

Je me reculai de quelques pas pour atteindre le lit où je pris place.

— Pourquoi n'éprouves-tu pas cela ?

— Je n'ai pas ce don. Il est vampirique, mais j'ai ressenti l'intrusion avec virulence donc je t'ai rejoint.

— Et ce truc avec tes yeux ?

— C'est ce dont nous avons déjà parlé...

— « Passion » ?

— Si tu veux l'appeler ainsi, alors oui.

— Pourquoi dois-je vivre tout cela ?

— C'est ta destinée.

— Je n'en veux pas.

Elle vint s'agenouiller devant moi et posa les mains sur mes jambes.

— Cela ira mieux avec le temps, et tu sauras gérer tout cela.

— Et les morts, qui va les gérer ?

Elle me fixa et comprit que ce n'était pas les dons qui me gênaient, mais l'impuissance à stopper les actes et leurs conséquences. Elle restait silencieuse sur mes mots, ne sachant pas quoi dire, car il n'y avait rien à ajouter à cette vérité.

Alors Adam entra en trombe dans la chambre et vint s'asseoir près de moi. Il passa son bras autour de mes épaules.

— Ça va ?

— Mieux, Élée m'a aidé à couper la connexion.

— C'était quoi ? demanda-t-il.

— Des morts, beaucoup de morts… trop de morts.

— *Hope ?* s'inquiéta Artur.

En fait, il tentait de reprendre contact avec moi. Des dizaines de fois, je l'avais entendu m'appeler durant l'intrusion.

— *Dis-moi ce qu'il se passe !*

— *J'ai ressenti des morts, et c'était affreux. J'ai cru que j'allai mourir avec eux.*

— *Ce n'est pas possible, tu le sais.*

— *Mon corps humain peut mourir, mon âme, elle, survivrait.*

— *Nous avons la preuve du contraire.*

— *Pourquoi ai-je ressenti la mort en moi ?*

— *Celles des autres, pas la tienne.*

— *Cela y ressemblait tellement, Artur.*

— *Je te crois…*

L'envie de pleurer me submergeait. Je n'avais plus mal, mais c'était si triste. J'aurais dû agir comme la raison me le dictait et ne pas rester ainsi à attendre l'inévitable. Je m'en voulais affreusement. Pourrais-je me le pardonner ?

— *Élée m'a libérée de la pression qui m'assiégeait,* continuai-je.

— *Tant mieux, et maintenant, comment te sens-tu ?*

— *Épuisée… Avez-vous capturé ce Newton ?*

— *Oui, ils le ramènent.*

— *D'accord… D'où venait l'attaque alors ?*

— *Nous allons tenter de le savoir.*

— Hope ? s'inquiéta Adam devant mon silence apparent.

Je tournai la tête vers lui.

— Je mets Artur au courant.

— Très bien.

Élée se releva et se posta devant la fenêtre. Mes yeux se fixèrent sur l'arrière de son crâne et tout naturellement les mots vinrent.

— *Gealaid, où es-tu ?* demanda-t-elle.

— *Au Portugal,* entendis-je.

Je me levai et fis un pas vers elle. Nous avions enfin des nouvelles ! Elle se retourna et me sourit. Adam me rejoignit et me prit la main. Il restait muet, écoutant ce qu'il se passait dans ma tête. Heureusement, car gérer toutes ces conversations en même temps commençait à me donner la migraine. Je continuai à rester attentive au dialogue débutant de mes sœurs d'âmes. Élée me fixait d'une étrange manière. Ses yeux étaient vraiment différents des miens. Elle n'avait pas besoin de mots pour exprimer beaucoup de ses émotions, tellement ils étaient expressifs.

— *Pourquoi ?* questionna-t-elle.

— *Antonio m'a demandé de veiller sur sa communauté.*

— *N'a-t-il pas requis de nous rejoindre ?*

— *Aussi, mais ici était plus urgent.*

— *Pourquoi ?*

— *À cause des attaques.*

Gealaid était au courant de tout malgré son absence.

— *Ils viennent de l'être. Si je n'avais pas été là, beaucoup de vampires seraient décédés à l'instant où je te parle.*

— *Mon Dieu… Combien ?*

— *Une vingtaine, mais nous avons réussi à exterminer les assaillants !*

— *Une idée de qui ils étaient ?* s'informa Élée.

— *Des Écossais au vu de leur papier.*

— *D'accord, comptes-tu venir à présent ?*

— *Bien sûr, il me tarde de revoir Hope.*

Je me détournai de la conversation pour reprendre celle mise en suspens avec Artur.

— *Artur ?*

— *Oui, je suis là.*

— *Des Écossais ont attaqué les Portugais.*

— *Je sais, Antonio vient de me le confier. Un drame dans sa communauté.*

— *Nous n'aurions pas dû attendre.*

— *C'est trop tard pour les regrets, Hope.*

— *Oui, mais cela me laisse un goût amer dans la bouche.*

— *Je comprends.*

— *Essayez d'obtenir des détails précis sur la suite des plans de ces traites. Je doute que cela finisse ainsi.*

— *Je pense que tu as raison… hélas.*

— *N'hésite pas à me contacter, s'il te plaît, Artur.*

— *Toi, pareillement.*

— *Bien entendu, dis à Antonio que je suis désolée.*

— *Je le ferai.*

La communication s'arrêta là. Il me manquait. J'aurais voulu qu'il soit ici avec nous, nous aurions pu discuter pleinement de la suite. Nous ne devions pas être séparés ainsi, je leur avais dit. Je sentais un si grand danger planer sur nous tous. Nous devions rester soudés et proches.

Nous nous retrouvâmes tous les trois silencieux en plein milieu de la chambre. Alors je pris la décision d'aller voir Lilly, Kilien et Érik. Je les cherchais partout dans la maison, en vain.

Quand enfin, je les trouvais dans la serre.

— Nous devons prévenir toutes les communautés vampiriques ! lançai-je en marchant d'un pas assuré vers eux.

Derrière moi, Adam et Élée tentaient de suivre la cadence.

— Non, nous n'avons aucune idée d'où ni de qui les attaques viendront.

— Cela a déjà commencé !

— Je sais, répondit Lilly en posant le pot qu'elle avait en main.

— Est-ce une raison pour rester ainsi à attendre que ma tête se remplisse à nouveau d'effroi ?

— Ce n'est pas ce que je veux dire, Hope.

— Explique-moi, alors.

— Si nous faisons cela, tout le monde va se méfier de tout le monde. Je pense que le résultat pourrait être encore plus dramatique. Nous devons patienter juste un peu et agir suite aux informations qu'ils auront glanées en Angleterre en interrogeant Newton.

— Et Andrew, où est-il ?

— Je ne sais pas…

— Je vais te le dire, il est quelque part en Belgique. Lorsqu'il va arriver chez Janis, lui et ses trois acolytes vont se charger de ceux qui protègent la maison. Il y aura des morts, certes, pas celui qui devait l'être, mais plus encore. Car à l'évidence, ils vont se battre.

— Qu'est-ce que tu en sais ?

— C'est de la logique, devant leur échec, ils voudront s'en prendre à ce qu'ils ont sous la main.

— Mais la garde de Lorelei est forte et avertie, ils sauront se défendre et ils arriveront à les arrêter, sois-en certaine.

— Voilà… tu en viens là où je voulais en venir.

— C'est-à-dire ?

— Ils sont sur leur garde, donc ils vont être capables de riposter ! C'est exactement ce que nous aurions dû faire depuis le début : prévenir pour agir.

— À présent, c'est trop tard.

— Ce n'est pas vrai, nous pouvons encore faire quelque chose au lieu de… planter des fleurs, lançai-je en tendant la main vers les pots fraîchement ensemencés.

Alors, je pris conscience de mes mots et vis l'expression sur le visage de ma mère.

Soudainement, tellement de peine avait rempli le vert de ses yeux suite à cette déclaration. Ma mémoire me rappela toutes les épreuves qu'elle venait de subir et je me sentis lamentable.

Un silence de mort régnait maintenant sous le dôme de verre. Je fis quelques pas pour me rapprocher d'elle, et pour la première fois, Lilly recula face à son enfant. Je me retournai, évitant le regard de chacun. Mon désarroi devant ce rejet était si grand que je n'arrivais plus à penser.

Je commençai à marcher afin de m'éloigner d'eux ne voulant plus leur faire de mal, lorsqu'une main se posa sur mon épaule. Lentement, je me tournai et vis le visage de ma mère. Elle ne prononça aucun mot et me blottit contre elle.

— Je suis tellement désolée, maman. Mes mots ont largement dépassé ma pensée.

— Je sais, Hope, je le sais.

— Comment pourras-tu me pardonner ?

— Je l'ai déjà fait.

— Pourquoi ? demandai-je dans un sanglot.

— Parce que ce qui pèse sur tes épaules, je n'ai pas su t'apprendre à y faire face.

— Comment aurais-tu pu ?

— En évitant de te faire grandir dans un cocon. Tu n'es pas faite de verre, bien au contraire. À l'avenir, quelles que soient les situations, les dangers, je serai toujours là pour toi, pour t'aider à surmonter et vaincre.

— Cela n'excuse pas ce que je t'ai dit.

— Oublie ce que tu m'as dit, car tu avais raison, et nous avons eu tort. Notre passivité va tuer des tas de vampires.

Nous restions enlacées en silence quelques instants de plus, puis Lilly reprit son discours.

— Tu m'as réveillée. Ces derniers jours ont été épuisants pour moi et j'ai faussement cru que je pourrai me reposer du fait que nous n'allions pas être attaqués. Mais j'ai eu tort, ma réaction a été égoïste et, au lieu de te soutenir, comme une mère devait le faire, je nous ai enlisés dans une situation que j'ai créée.

— Je ne pense pas que ce soit à toi de t'excuser. Tu as le droit à des pauses comme à chacun. Ne culpabilise pas, s'il te plaît.

Je me détachai d'elle. Elle posa la main sur ma joue et me sourit.

— Je t'aime tellement, me dit-elle.

— Moi aussi n'en doute jamais, quels que soient mes mots.

— Je te le promets. Que pouvons-nous faire à présent ?

— Prévenir les gens, le plus possible. Évitons le carnage annoncé.

Sur ces paroles, nous prenions tous ensemble le chemin de retour vers le château afin d'organiser une conférence téléphonique avec ceux qui daigneraient nous écouter, et nous croire.

LE CONSTAT

Ce jour-là, le nombre exact de décès recensés suite à cette mutinerie a été de deux cent quatre-vingt-trois. Bien moins que ce que ma vision m'avait montré, mais beaucoup plus que si nous avions agi.

Ils nous avaient écoutés pour la plupart. La première attaque du Portugal nous ayant aidés à les convaincre que nous n'étions pas en train de fabuler, mais qu'une marche meurtrière était bel et bien en route vers eux.

Il y avait quand même eu des sceptiques qui, aujourd'hui, ne pouvaient plus douter de nos dires ni de rien d'autre d'ailleurs. Ils se trouvaient six pieds sous terre. Chaque fois qu'un vampire n'avait pas rallié notre cause, c'est toute une famille qui s'était retrouvée disséminée.

Cette journée fut triste et bruyante dans mon esprit.

Mon corps fut assailli de leur souffrance physique.

Leurs cris et leurs pensées resteraient à jamais gravés en moi.

Cela dit, une chose était certaine, à présent les âmes éternelles avaient été dévoilées aux vampires. J'avais ressenti leur jalousie naissante face à tant de pouvoirs, pourtant ils ne pouvaient même pas en imaginer l'étendue.

Les mots de la prophétie, si justes, se révélèrent à moi une nouvelle fois dans l'un de mes songes. Sur la plage de sable jaune, l'eau verte au rythme des vagues l'avait écrite et effacée à de nombreuses reprises.

« Elle est là, différente et forte. Il faut continuer à l'aider à se connaître elle-même. La puissance de ses capacités pourrait amener le chaos sur Terre. Elle va engendrer la jalousie et la convoitise, tant chez les humains que chez les autres espèces. Plus que jamais, elle se doit d'être protégée comme la nouveau-née qu'elle est encore. Utilisée à mauvais escient, elle ne sera que sang et mort. Captée et domptée, elle sera bien plus puissante dans la lumière et la positivité. Ne pas succomber à la facilité, aidez-la pour qu'il en soit ainsi ».

J'avais déjà failli, ma jeunesse pouvait-elle excuser ce premier échec ? Je devais me résoudre à penser que nous avions fait de notre mieux, mais j'avais tellement de regrets.

Noé a raison, je ne pourrai pas sauver tout le monde, mais je promets à l'avenir de tout mettre en œuvre pour que tous les êtres qui peuvent être épargnés le soient.

Plus jamais… JAMAIS, je ne resterai en retrait face à un danger annoncé.

IMMORTALIS SANGUS

Six ministres ont survécu.

Grâce à Artur, Martin et Antonio, James ne perdit pas la vie malgré ma vision. Il avait été protégé du fait d'être avec eux.

Au sein même de l'établissement d'*Immortalis Sangus*, une réunion devait avoir lieu. Lilly voulait montrer aux ministres, en toute transparence, que ce qui était produit ici, à l'origine, devait être inoffensif pour l'humain. Hélas, plusieurs cas d'addiction et deux décès avaient été recensés. Les autopsies avaient révélé qu'à haute dose, la dépendance était réelle et la mort assurée. Les vampires devaient donc prendre les dispositions nécessaires afin que ces cas isolés ne se propagent pas.

Cette vitamine avait été créée pour apporter un confort aux humains. Elle allongeait leur existence de plusieurs décennies, et leur épargnait certains maux, mais une minorité, pour le moment, avait réussi à dévier son action première. C'était dans la nature humaine d'en vouloir toujours plus, aux dépens mêmes de leur survie. Ils étaient faibles, et c'était dangereux autant pour eux que pour les vampires.

Je comprenais à présent pourquoi Gealaid s'était tournée vers Antonio et une race finalement plus fiable, même si parfois certains se comportaient comme de gros imbéciles.

Des actions allaient être entreprises et mises en place afin d'éviter d'autres pertes. La formule serait revue. Elle devait, elle aussi, évoluer. Une bonne trentaine d'années étaient passées depuis sa commercialisation. Son utilisation s'était répandue à travers le monde. Les corps humains s'y étaient habitués, car elle était prescrite dès le plus jeune âge.

Il était temps pour elle de faire peau neuve pour le bien et la sécurité de tous.

ESGARD

Gealaid arriva le lendemain au château afin que nous soyons officiellement présentées l'une à l'autre. Elle était exactement la même que lors de ma vision, qui avait été, finalement, plutôt une première prise de contact.

À peine avait-elle posé les pieds dans le château qu'elle se jeta dans mes bras sans prêter la moindre attention à ceux qui m'entouraient. Pour elle, ce que nous vivions maintenant, était des retrouvailles, pour moi une découverte. Mes mémoires oubliées allaient pouvoir se mettre en branle afin que je sache ce qui nous liait. Comme je l'avais fait avec Élée, j'avais l'intime conviction que nos songes pourraient communier et me montrer certaines pièces du puzzle qui me faisaient défaut la concernant.

Derrière elle vinrent ensuite Antonio, Martin et enfin Artur. Il ne manquait plus personne, nous étions enfin réunis.

Les conversations allaient bon train. Nous nous mettions à jour des événements de la veille et tentions d'en tirer les leçons qui s'imposaient. Avec joie, je me rendis compte que tout le monde était d'accord sur une chose : la prochaine fois, nous prendrions moins de gants pour énoncer les faits. De toute façon, maintenant, les vampires étaient au courant de notre existence, ce qui d'une certaine manière faciliterait le dialogue.

Nous parlions, nous le faisions tellement que nous ne vîmes pas le temps passer. Ce qui nous ramena à la réalité fut un camion qui se présenta à la grille.

Kilien et Lilly allèrent à la rencontre des visiteurs, sous nos yeux attentifs et prudents. Au bout de cinq minutes, le véhicule pénétra dans la propriété et stoppa devant le cottage. Alors commença la valse des cartons. Au passage, je reconnus divers objets qui ne pouvaient pas être emprisonnés dans une boîte.

Je me tournai vers Artur.

—   Que subsiste-t-il chez toi ?

—   Le mobilier et mes affaires… enfin, je l'espère ! Et non, je ne t'abandonne pas, Hope. Je prends mes distances avec le tumulte de la vie, mais en aucun cas avec toi.

Je me blottissais contre lui. Il posa son bras autour de mes épaules. Il n'y avait rien à répondre de plus à ce qu'il venait de dire.

Durant une heure, nous restâmes à les regarder décharger les affaires de nos vies passées rue de l'Enclume. Puis tout naturellement, chacun retourna à ses occupations au sein du château. Seulement sept personnes avaient encore des choses à se dire. Alors avec Adam nous les emmenions, là où nous aimions être. Près du lac, de notre père et Camille. Nous expliquâmes à Élée et Gealaid le rôle qu'ils avaient joué dans nos vies.

Puis mes deux sœurs d'âmes se rapprochèrent de moi.

—   Nous désirerions aussi te, vous, montrer quelque chose, dit Gealaid en me prenant la main.

Élée se joignit à nous.

Adam, Artur, Kilien et Antonio s'éloignèrent de quelques mètres.

Elles reculèrent d'un pas, afin de tendre nos bras. Je les imitai en les observant. Puis, elles fermèrent les yeux, j'en fis autant.

Dans ma tête ne résonna aucun mot, aucun bruit. Sous l'attraction du mouvement de leur bras, les miens se retrouvèrent en l'air. Je sentis alors comme une énergie qui les longeait avant de s'échapper par le bout de mes doigts et mon regard se rouvrit sur la chose la plus merveilleuse qu'il m'avait été donné de contempler.

Une sphère presque parfaite recouverte d'une eau verte était apparue à quelques mètres au-dessus de nous. Lentement, le liquide se retira par endroit pour laisser place à des plaines luxuriantes. La nature semblait faire son œuvre en direct sous nos yeux. J'observai chaque changement avec attention, attendant encore plus de ce spectacle que nous étions en train de créer.

— Esgard… annoncèrent en chœur mes sœurs d'âmes.

Au moment où elles prononcèrent le nom, le globe s'agrandit encore et la structure se transforma. Des monts s'élevaient vers le ciel, des cavités se remplissaient d'eau et les arbres poussaient ici et là. Puis la réplique de l'astre, puisque c'est bien de cela qu'il s'agissait, s'arrêta de tourner. Du sol, il sortit alors trois tours blanches. Autour d'elles, les montagnes prirent encore plus de hauteur, formant une barrière protectrice. La mer verte à droite lançait ses vagues avec ferveur sur la même plage que mes songes. Je reconnus l'endroit où Artur m'avait happée de ses griffes pour me poser tout là-haut sur les montagnes enneigées d'Esgard. Je fixai les tours, m'attendant à chaque instant y voir jaillir quelqu'un, mais cela ne se produisit pas.

La sphère fit un demi-tour sur elle-même pour laisser apparaître une autre partie de la planète. Le sol ressemblait à un désert aride d'où s'érigea un temple. Magistrale bâtisse toute bleue, entourée d'un mur d'enceinte que la faune commença à envahir. Le désert se clairsema d'arbustes pas plus haut que des muriers sauvages terrestres. Je pus distinguer le détail de leurs fruits rouges gorgés de jus. Ils me semblaient sucrés. Alors un son de cors retentit et les grandes portes en bois du rempart du temple s'ouvrirent.

Je tournai la tête curieuse de ce que j'allai découvrir.

Je me mis à sourire en voyant un troupeau de chevaux aussi noir que l'ébène s'élancer vers le désert. Leur galop produisait un nuage de poussière en forme de traine où aurait pu se cacher la plus belle des créatures, car le spectacle était magique, mais le nuage les poursuivit sans jamais rien laisser apparaître de plus que les grains de sable s'envolant dans la plaine.

La sphère une nouvelle fois se décala un peu pour montrer l'intérieur du temple. Une fontaine trônait au milieu de la cour immense. Elle me fit immédiatement penser à celle du Tibet dans le monastère des moines disparus. Je quittai un moment Esgard pour porter mes yeux sur Artur. Il était subjugué de ce qu'il voyait, dans son regard des centaines d'étoiles scintillaient. Je glissai vers Adam qui, quant à lui, s'était laissé emporter par ses émotions, le vampire faisait face à quelque chose qui le dépassait, la beauté de cette nature étrangère l'hypnotisait. L'instant d'après, j'observai Kilien. Ses yeux étaient passés du jaune caractéristique des sorciers vers un doré étincelant. Je voulus voir Antonio, mais je ne le trouvais pas, il avait disparu, étrange attitude face à tant de beauté.

Puis je revins vers le lieu premier d'où je venais. Le globe n'avait pas bougé, m'offrant toujours la vision de la cour et de sa fontaine. L'eau avait cessé de couler. Alors débuta le processus inverse. Des petites étincelles s'élevaient lentement de chaque pierre, chaque grain de sable, en effaçant cette vie éphémère créée par trois sœurs en communion. Je tentai de lutter contre le compte à rebours. Je n'en avais pas eu assez. J'en voulais encore plus de cet endroit, mais je n'étais pas assez forte pour lutter contre cette forme de magie. Puis, d'un coup, tout s'envola et ne resta que le vide. Je pris alors conscience aussi que mes mains l'étaient : Élée et Gealaid avaient disparu.

Elles s'étaient évaporées avec les étincelles.

Je me sentis désemparée.

— *Où êtes-vous parties ?* m'inquiétai-je.

— Nous nous reverrons bientôt. Nous sommes là à présent, dans ta vie. Bienvenue Dòchas.

Je ne reconnus pas la voix, car elles m'avaient répondu d'une seule et même voix.

— Mais…

— Tu as ouvert la porte.

— De quoi parlez-vous ?

— Esgard…

Alors vint le silence. Je me retournai vers ma famille et leur tendis les bras. Ils s'avancèrent vers moi en souriant. Bras dessus, bras dessous, nous marchions unis vers le château.

— Où est passé Antonio ? m'enquis-je à celui qui voudrait bien me répondre.

— Dès que la sphère est apparue, il s'est envolé, répondit Adam.

— Comment ça ?

— Comme je le fais, ajouta Artur.

— Tu veux dire que vous êtes deux créatures à être capables de survoler les montagnes ?

— Nous avons nos différences, mais nous nous ressemblons effectivement.

— Oh !

Je m'arrêtai.

— Tout n'est pas simplement… vampirique, n'est-ce pas ?

— En effet.

— Qu'êtes-vous alors ?

— Je l'ignore, dit-il sincèrement.

— Des sortes d'hybrides, lança Adam.

— Je crois que nous sommes tous ainsi… répliquai-je.

— Non, me coupa Adam, moi, je suis un vampire, rien de plus.

— Non, tu es un Imhumvamp.

— Et ?

— Je ne le sais pas encore, mais si tu as pu assister à cette apparition, ce n'est pas sans raison ou conséquence.

Le silence revint sur nous et nous reprîmes notre route.

Devant les marches du château, nous nous séparâmes. Artur et Kilien entrèrent et nous partions défaire tous les cartons qui nous avaient été livrés plus tôt.

N'IMPORTE OÙ

À mon grand étonnement, en entrant dans le cottage, je vis qu'il était meublé. La cuisine était là où nous avions désiré qu'elle soit, les canapés de la couleur que nous avions pensés.

— C'est toi qui as fait cela ? demandai-je à Adam, car je savais que la magie avait quand même des limites.

— Oui, cela ne te plaît pas ?

— Tu rigoles… c'est exactement ce que nous voulions.

Il fit un pas vers moi et m'enlaça.

— C'est notre chez nous, lui dis-je en posant un baiser sur ses lèvres.

— Oui, rien qu'à nous. Y a plus qu'à comme on dit, finit-il en montrant les cartons.

— Ce n'est pas la partie la plus drôle, mais c'est très excitant !

— T'as raison ! ajouta-t-il les yeux pétillants.

Durant des heures, le son du cutter coupant le scotch résonna dans le cottage. Nous nous émerveillions en redécouvrant des objets, des photos et autres livres. Nous avions, en quelques années, accumulé des centaines de choses dont nous étions incapables de nous séparer.

Nous rigolâmes en faisant cette tâche très humaine. Nous nous installâmes dans notre nid douillet avec un plaisir sans limites. Nous allions enfin pouvoir nous aimer au grand jour. Je n'étais pas vampire, j'étais sa sœur de sang, mais pas de corps. Dans nos veines coulait l'enzyme venant de Lilly, là était notre attache en plus de celle du cœur. Personne jamais ne pourrait couper le lien qui nous unissait.

Tard dans la nuit, le plus gros était fait. Nous pouvions faire une pause. Nous prîmes place confortablement sur le grand canapé de cuir noir. En ligne de mire, la baie vitrée qui faisait face à la forêt environnante.

Je reposai la tête sur le torse d'Adam, ses bras étaient autour de moi. Nos regards fixaient l'immensité verte au-delà des frontières de la propriété. Cette grande fenêtre était idéalement placée. Nous faisions dos au château, nous permettant d'oublier que nous étions si proches de notre famille. Une liberté visuelle qui nous apporterait une sérénité de vie bien méritée.

Alors que je commençais à me relaxer, devant mes yeux, l'image si réelle d'Esgard apparut. En la voyant, je me demandai si un jour j'y retournerai autrement que dans mes songes. Mon existence se devait-elle d'être à présent uniquement terrestre ?

— Repose ton esprit, Hope, chuchota Adam.

— Tellement de questions affluent, c'est difficile de les ignorer.

— Je sais, répondit-il en caressant mes mains.

— Si je fermai les yeux pour toujours ?

— Ton âme y survivrait, Dòchas…

— Je ne peux donc pas y échapper.

— Je le crains, finit-il en serrant plus fort mes doigts.

Puis en s'excusant, il se leva et enclencha le bouton de la chaine Hi-fi.

Dans la pièce résonna une autre chose qui nous rapprochait depuis notre plus tendre enfance, la musique. Une voix apaisante malgré des mots forts de sens en ce jour.

Adam revint se blottir contre moi, alors dans toute leur douleur, les paroles pénétrèrent mon esprit me rappelant que jamais elles ne se réaliseraient, car je ne pouvais désespérément pas échapper à qui j'étais.

À présent je le savais.

Nous le savions.

« Nous quitterons cet endroit ce soir
Il n'y a pas besoin de le dire à qui que ce soit
Ils ne feraient que nous retenir
Alors à la lumière du matin
Nous serons à mi-chemin vers n'importe où
Où l'amour est plus que simplement ton nom

J'ai rêvé d'un endroit pour toi et moi
Où personne ne sait qui nous sommes là-bas
Tout ce que je veux, c'est te donner ma vie, uniquement à toi
J'ai rêvé si longtemps que je ne peux plus rêver
Enfuyons-nous, je t'emmène là-bas

Oublie cette vie
Viens avec moi
Ne regarde pas en arrière, tu es en sécurité maintenant
Ouvre ton cœur
Baisse ta garde
Personne n'est là pour t'arrêter »[4]

---

[4] Anywhere (N'importe où) Evanescence – Paroles et traduction : La Coccinelle

REMERCIEMENTS & NOTE
DE L'AUTEURE

Certaines histoires ne peuvent jamais s'arrêter.

Celle-ci commencée en 2009, est toujours présente dans mon cœur comme au premier jour. Elle évolue vers quelque chose de nouveau pour moi. C'est autant excitant que défaire les cartons pour Hope et Adam, car chaque boîte me dévoile un détail qui me permettra d'avancer vers l'inédit du récit.

Mais sans vous, ces romans n'en seraient pas à ce stade, sans votre attachement à mes personnages, sa progression aurait été stoppée par l'échec, alors grand merci de lire mes mots.

On ne le dit jamais assez, mais sans lecteur, l'auteur n'est rien de plus qu'une personne qui griffonne et imagine des histoires. Lorsqu'elles sont partagées, alors le plaisir de l'écriture prend toute sa valeur.

Merci tout simplement.

Je vous laisse essayer de deviner le titre du tome 3 qui paraîtra en 2019.

Sylvie